そこにはいない男たちについて

井上荒野

角川春樹事務所

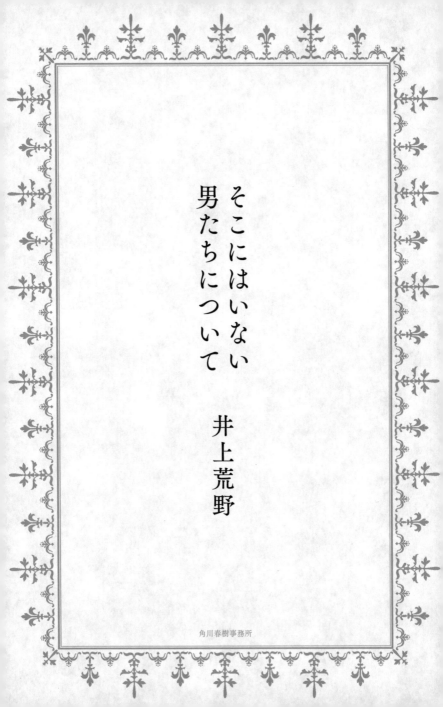

そこにはいない男たちについて

装画　今井 麗
「MR.ROUND TOP BREAD」
装幀　大久保伸子

1

光一《こういち》の部屋のドアが開いていた。ちらりと覗《のぞ》いたら、パソコンにかじりついている後ろ姿が見えた。傍らにマグカップとキャラメルコーンがある。夫は朝四時に起きる。八時頃《ごろ》までにその日必要な書類仕事を済ませるためだ。小腹が空《す》いてコーヒーとキャラメルコーンを部屋に持ち込むときに、両手がふさがっていてドアを閉められなかったのだろう。

床屋で二週間に一回、面白みのないかたちに切り揃《そろ》えられる光一の頭頂部の髪が寝癖で跳ねて、ツノみたいになっている。客に会いに出かける前に、水をペタペタつけて寝かせるだろう。何度言っても整髪料を使わずに水で済ませる。水だとくさくなるわよ、と言っても、整髪料の匂《にお》いのほうがくさいだろうと言い返されるから、もう言わなくなった。げんなりする。まりは思う。コーヒーとキャラメルコーン。寝癖。それらのいちいちに、朝目が覚めて早々にげんなりさせられるという事実にさらにげんなりしながら、洗面所へ入った。顔を洗ってかるくメイクして出てくると、夫の部屋のドアは閉まっていた。

「今日は私、四時過ぎには出かけるから」

まりが光一にそう言ったのは、午前八時過ぎ、光一が家を出る少し前だった。光一の仕事は不動産鑑定士で、自宅を仕事場にもしているが、日中はほとんど外仕事になる。

「えっ、なんで？」

ダイニングでコーヒー――これは光一がひとりで作って飲むインスタントではなく、まりがコーヒーメーカーでふたりぶん淹《い》れたもの――を飲み干して、スマートフォンを見ていた光一が顔を上げて眉《まゆ》をひそめた。

「料理教室に行くから。この前言ったでしょう？」

「四時に出かけたら、そのあとかかってきた電話が取れないじゃないか」

「だってあなたの用件は、今日はふたつだけでしょう？　四時にはじゅうぶん戻ってこられるでしょう？」

「そりゃそうだけど、こっちは仕事だからね。予定通りにいくともかぎらないし」

「予定通りにいかなくたって、四時には余裕で帰れるんじゃない？」

光一は不満そうな顔でまりを見たが、最終的には「わかったよ」と答えた。もちろん、まりの言ったことが正しいからだ。じゃあ行ってくるよとそのまま立ち上がったが、玄関に通じるドアの前で振り返った。

「料理、できるじゃん。なんで料理教室なんか行く必要があるの？」

素朴な疑問というふりをしていたが、非難されていることがまりにはわかった。それに、料理教室に行きたいという話は一週間前にして、そのあと三日ほど前にも今日のスケジュールのことも含めて話したのに、光一の頭にはまったくインプットされていなかったことも。このひとは本当にまったく、私に関心がないのだ、とまりは思う——それも、とうからわかっていたことではあったが。

「たまにはこの家の外に出たいのよ」

さっきの夫の口調を真似《まね》て、できるだけ淡々とまりはそう答えた。すると光一は肩をすくめた。その話題にはそれ以上かかわりたくないときの、光一のいつもの反応だった。


まりと光一は互いの勤めの傍ら通っていた専門学校で知り合い、そのあとふたり同時期に不動産鑑定士の資格試験に合格したことが縁となって結婚に至ったのだったが、結婚後のまりはずっと光一の秘書的な仕事をしている。

環七《かんなな》通り沿いにある十階建てマンションの、五階の3ＬＤＫにふたりは住んでいる。ＬＤＫと引き戸で仕切れるようになっている部屋はもとはリビングの一部にしていたが、今は引き戸は閉め切りで、まりの仕事場になっている。ここを購入して数年後には、広いリビングは必要ないとわかったのだ——顧客と会うときにはこちらから出向くし、プライベートで誰《だれ》かを招くような機会などほとんどないから。リビングには三人掛けのソファがひとつ置いてあるが、それすらも今はほとんど使われていない。テレビは食事中に観《み》る（そのためにテレビの向きがじわじわと変えられた）。光一は仕事場のパソコンでもネット配信のニュースやドラマを観ているようだ。まりが本を読んだりお茶を飲んだりするときにはダイニングの椅子《いす》に腰掛ける。まりには何となく、ひとりでソファに座っているところを夫に見られたくないという気分がある。ふたりで一緒に座るということがまったくなくなったことと、その気分はたぶん関係している。光一も同じだろう。

それでまりは、仕切られた五畳ほどのスペース――バルコニーに面しているために明るさだけは確保されている部屋の、アマゾンで適当に買ったスチールのデスクに向かう。以前は家具はもちろん皿一枚にいたるまでちゃんと吟味して、気に入ったものしか買わないというポリシーを持っていたが、リビングの引き戸を閉め切りにしたのと同じ頃からわりとどうでもよくなった。そういうこだわりに対して何ひとつ反応が得られなければ、そうなってもしかたないだろう。夫に用があるひとからの連絡はこの部屋に置いた電話兼ファクス機に入るから、それを捌《さば》き、スケジュールを調整し、夫が鑑定する土地の下調べもする。普段通り正午きっかりに、昼食をとるために部屋を出た。

前夜の残りの、里芋と牛脛《すね》肉の煮込みを土鍋《どなべ》ごと温め直し、一膳《ぜん》ぶんずつ冷凍してあるごはんも電子レンジで温めて、ダイニングテーブルで食べた。漬物も出そうかと思いながら、結局出さなかった。食べ終わり、キッチンを眺めた。鮮やかなブルーのアイランドキッチン。いくつか内覧した中でこのマンションを選ぶ決め手になったのは、このキッチンだった。とても素敵に見えたのだ。きっと素敵な生活ができると思った。素敵な場面を、いくつも思い浮かべた。婦人雑誌やハウスメーカーの広告でよく見るような、幸福そうな夫婦がカウンターに並んでお茶を飲んだり、キッチン越しにお喋《しゃべ》りしたり、それぞれの友だちを呼んでホームパーティしたりしている場面だ。結婚してから四年目で、夫への不満は少しずつ溜《た》まりはじめていたが、まだ希望や期待を捨ててはいなかった。この家を買えばきっとうまくいくと思っていた。アイランドキッチンごときでそんな夢を見ていたのだ。

今はこのアイランドキッチンが大きらいだった。いつか替えようと思いながらそのままになっている、八〇年代っぽいデザインの水栓コックがついた洗面台よりも、タイル模様を転写したクッションフロアが、年々どうしようもなく薄汚れてくるトイレよりも。

この家の中で、夫の次にきらいなのが、このアイランドキッチンだった。

四時になったが、光一はまだ戻ってこなかった。きっと意地を張ってどこかで時間を潰《つぶ》しているのだろう。案外、マンションの駐車場に停《と》めた車の中で、妻を非難する言葉を考えているのかもしれない。留守で仕事の電話が受けられないという事態には耐えられないに違いなく、どのみちあと五分十分もすれば帰ってくるだろう。まりはかまわず、マッキントッシュの赤いダスターコートを羽織って家を出た。エレベーターホール辺りで夫と鉢合わせする懸念があったが、会わずに下まで降りられた。きっと向こうもその事態を避けるために時間を調整しているのだろう。

今日から四月だった。新代田《しんだいた》駅の構内に、ダンヴォという最近売り出し中のヒップホップ歌手の大きなポスターが貼《は》られていた。「ダンヴォってサイテーサイアクマジダサイ！」というコピーとともに、格好いいダンヴォ（モデルのような美男であるダンヴォが、ライトを効果的に浴びてポーズをキメている）の写真があらわしてあり、最新ＣＤの発売日が四月一日であることが強調されていたから、今日がエイプリルフールだということに気がついた。

嘘《うそ》を吐《つ》いてもいい日。おあつらえ向きの日なのだ。そういえば光一に嘘を吐いたのは、交際期間も含めて今日がはじめてだった。そのことにまりはちょっと驚き、そうしてやっぱり、げんなりした。それは夫に対して誠実であったことの証左ではなく、ふたりの関係のうすさのあらわれのように思えたから。

電車を降りると、まりは商店街を少し歩いて、「餃子《ギョーザ》の王将《おうしょう》」の前で立ち止まった。ここが待ち合わせ場所だった。先方が指定してきたのだ。初対面だから、あまりひとが待ち合わせしない場所で待ち合わせしましょう、という理由で。それが餃子の王将。気が利いているつもりなのか、こちらの何かを試しているのか、それとも大真面目《おおまじめ》なのか、まだわからない。メールに添付して送った顔写真はお互いに見ている。でも写真と実物は違いますからね、とも彼――星野《ほしの》一博《かずひろ》は書いてきていた。星野一博は、笑いを意味するｗをメールの中でそれなりに使うタイプだったが、その一文にはｗは付いていなかった。これをどう考えるべきだろう？　そういう場合に選んで相手に送るのは写りのいいものに決まっているから、お互いにあまり期待するのはやめよう、と言いたいのだろうか。

星野一博が送ってきた写真には、古風だがハンサムと言っていい青年が、憂いを帯びた表情で写っていた。あの写真が、まりが今日ここまでやってきた理由のひとつでもあるわけだが、あれは虚構ですよと、早々に言い訳しているのだろうか。それともまりが送った写真を信じていないという表明だろうか。そうだとしたら失礼というほかない。まりは自撮りを送った。間違いなく今現在の自分の写真だし、修整もしていない。家の中で、肌がきれいに見える光が入る場所を探して、もちろん髪を整え時間をかけて薄化粧をして、襟元に留意しながら服を選んで、何回も撮り直した末の一枚ではあったけれども。

待ち合わせは四時半だった。まりが店の前に着いたのは四時二十分で、こんなことは間違っている、相手が来なければいいのにと心の片隅で思いながら待っていたが、そのまま十分あまりが経《た》って、実際のところ待ちぼうけを食わされるのかもしれないという可能性にようやく思い至った。星野一博はあらわれないのかもしれない。いや、写真とはまるで違う男が私の前を通り過ぎたのかもしれないが、私を見てがっかりして、そのまま戻ってこなかったのかもしれない。そしてメールももう二度と来ないのかもしれない。

憤怒と自己嫌悪とで吐き気を催しながら歩き出そうとしたとき、人波を泳ぐようにして男がひとり走ってきた。男はマラソンランナーが最終トラックを回るときみたいな顔をしていたけれど、その目鼻立ちは星野一博が送ってきた写真とそっくり同じだった。

「いや、ほんとすみません。駅の反対側に行っちゃってて。歩いても歩いても王将がないからへんだなとは思ったんですけど」

星野一博は言った。額の汗の粒が数えられるほど汗だくで、紙のおしぼりで拭《ぬぐ》っていたがまるで拭《ふ》き足りなそうで、まりが自分のぶんのおしぼりを差し出すと「や、すみません」と受け取った。ふたりは餃子の王将から横道に入って、目についた最初のカフェに入ったところだった。

「ハンカチ……ハンカチを忘れちゃって。印象悪いですよね、ハンカチも持ってない男って。いつもは持ってるんですけど、今日にかぎって忘れちまって。ほんとなんですよ。でも、嘘みたいに聞こえますよね、すみません」

どう答えていいかわからず、まりは曖昧《あいまい》に微笑《ほほえ》んだ。姿形は写真で見た通りだが、物腰や喋ることの印象は、メールの文面とはずいぶん違う。メールでは、もっとキビキビしていて、自信に満ちた感じだった。少なくとも、自分で指定した店に行くのに迷うようなタイプだとは思えなかった。

「餃子の王将の場所、知らなかったんですね」

そう言ってみると、「ええまあ」と星野一博は頭を掻《か》いた。ウェイトレスが注文した品を運んでくる。まりは紅茶、星野一博はレモンスカッシュ。星野一博はそれをごくごくと呷《あお》った。

「友だちの話によく出てくるから、行ったことあるような気がしてて。脳内餃子の王将ができあがってたっていうか。その地図が間違ってたというわけで」

落語家みたいな仕種で星野一博はもう一度頭を掻いた。そういえば困ったときに頭を掻くひとってはじめて見たわ、とまりは思う。

「こんな話、長々とつまんないですよね。あらためまして、星野一博です。どうぞよろしくお願いします」

「能海《のうみ》まりです」

星野一博はまりより三歳年下の三十五歳、職業はウェブデザイナー。そのプロフィールは、あらかじめ公開されている自己紹介欄にも書いてあった。まりは自分の職業の欄には「秘書」と書いていた。ふたりが使っているマッチングアプリは「婚活・恋活」専用だから、既婚者の入会は規定違反ということになっているけれど、そんなのは自己申告しなければいいだけのことだから、かまわずに入会した。星野一博と個人的にメールのやりとりをするようになって一ヶ月あまり。やりとりの中でお互いに本名を教え合ったが、自分が人妻であることはもちろん明かしていなかった。

「素敵なワンピースですね」

「どうもありがとう」

「花柄って、俺《おれ》、好きなんですよ。今、花柄の服を着てる女のひとって、あんまりいないじゃないですか」

「そうかしら。結構、いると思うけど」

「いや、なんか、すみません」

このひとはあやまってばかりねと、まりは少々うんざりする。今度は何をあやまっているのだろう。

「すっげー、きれいなひとだから、なんかアガっちゃって」

まりは微笑む――さっきよりもずっと豊かに。目の前の男が期待していたような男ではなかったのは早々にわかってしまったが、ほめられて悪い気はしない。それに、この率直さも悪くない。

「今日はお仕事、大丈夫だったんですか」

「ええ。雇い主がフリーで仕事してるから、私もそれに準じて自由が利くんです」

「なんて言いましたっけ……不動産判定士でしたっけ。その秘書やってるんですよね。すごいなあ。どんな仕事なのか、俺なんか想像もつかないや」

「私だって、ウェブデザイナーってどんなことをするのか想像もつかないわ」

まりが笑うと、星野一博も笑った。ダンヴォとは真逆の雰囲気だけれど、このひとも美形には違いないわ、とまりはあらためて男を観察した。短髪は美容院ではなくて床屋に通っているふうだけれど、光一の髪型よりはずっと今ふうにカットされている。床屋といってもいろんな店があるのだろうし、自分であれこれ注文もつけるのかもしれない。黒い細身のサマーニットに、濃い色のデニム。横の椅子の背に掛けてあるのはやっぱり黒の、厚地のキャンバスのハーフコートだ。趣味がいいし、意外にお金がかかっているようにも見える。

その店には二時間ほどいた。店内にある掛け時計をまりがちらりと見上げると、星野一博が「このあとって、どうします？」と聞いた。驚くべきことに彼は、餃子の王将で会ったあとのことを何も考えていなかった。まりのほうは、当然夕食に誘われると思っていて、その誘いに応じるかどうかは、会ってから決めようと思っていたのだった。もしも店が予約してあったら、もう少し一緒に過ごしてもいいような気持ちになっていたのだが、予約はおろか店の当たりさえつけていないことがわかって、気持ちが萎《な》えた。

「ごめんなさい、今日はこのあと行くところがあるの」

「えっ、これから？　どこに？」

このひとは本当に素直というか、馬鹿正直な男だなあとまりは思いながら、

「料理教室へ行くのよ」

と答えた。

料理教室の場所は駅の反対側――星野一博の「脳内王将」がある側――だったので、ふたりは駅前で別れた。星野一博のアパートは井《い》の頭線《かしらせん》の三鷹台《みたかだい》にあって、今日はこれから帰って仕事をすることにしたそうだ。

次の約束はどちらも口にしなかった。このあと礼儀正しく二、三回メールのやりとりをして、自然消滅するだろうという予想というか、はっきり言えば胸算用がまりにはある。星野一博は悪い男ではなかったけれど、いい男とは言えないし、マッチングアプリで知り合える相手は無限にいるのだから。星野一博にしたって、花柄が素敵だとかきれいなひとだとかいう科白《せりふ》がもしも心からのものだとしたって、連絡が途絶えれば私のことなんかすぐに忘れてしまうだろう。歩き出してしばらくしてからふと振り返ると、星野一博はまだ別れた場所に立ってこちらを見ていて、まりに気づくとニコニコしながら手を振った。仕方なくまりも手を振り返し、再び歩き出しながら、もしも私が既婚者だということがわかったら彼はどんな反応をするだろう、と考えた。やっぱり「なんか、すみません」と言うかもしれない。

園田実日子《そのだみかこ》のキッチンスタジオは、路地の一角にあった。小さな店がごちゃごちゃとひしめいている中で、正面のガラス張りの壁が、その一帯に誰かが開けた窓みたいに見えた。その壁の前で伊東瑞歩《いとうみずほ》が待っていた。料理教室は午後七時からはじまる。「初回お試し」の方は十分ほど前においでくださいとサイトの受講案内には書かれていて、図らずもまったく時間厳守の到着となった。料理教室というのは外出のための方便だったから、瑞歩に約束したとはいっても、その約束を自分が守ることになるとは正直なところまったく考えていなかった。

「ウェーイ」

瑞歩が学生時代と同じ調子で声を上げる。短大のときからの友人だ。卒業後、いろんな会社やいろんな仕事を渡り歩いて、今は美容ライターをやっている。いつ会っても完璧《かんぺき》な巻き髪と完璧な化粧とハイブランドの服とで武装しているが、これは美容ライターだからというわけではなく、短大時代からそうだった。

「来たねー、奥様。能海センセイは快く送り出してくれたかね？」

瑞歩はまりの結婚前と結婚後に一度ずつ、光一に会ったことがあって、彼のことを能海センセイと呼ぶ。「先生」ではなく「センセイ」と聞こえる口調と表情でそう呼ぶのは、正直なところ光一という男をばかにしていることと、まりが光一をきらっているのを知っていることが大きいだろう。もっともまりは、私が夫をこれほどきらいだとは瑞歩もわかっていないだろう、と考えているけれど。

ふたりが中に入ると、調理台とひと続きになった長細いテーブルの、調理台側の端に座って豆の莢《さや》を取っていた女性がゆらりと顔を上げて、「こんにちは」と微笑んだ。サイトには講師のプロフィールとともに写真も出ていたから、このひとが園田実日子だとわかる。細面のすらりとしたひとだった。ストレートの長い髪を後ろでひとつにまとめて、ベージュと白のストライプのエプロンの下に、鮮やかな緑色の半袖《はんそで》セーターが見える。派手さはないがきれいなひとだとまりは思った。プロフィールにあった生誕年はまりや瑞歩と同じだった。とすれば、年齢より少々老けて見えるかもしれない。

「実日子先生、お久しぶりです。彼女、私の悪友なんですよ、よろしくお願いします」

瑞歩がまりを紹介すると――この場合の「実日子先生」は、センセイではなくちゃんと先生と聞こえた――、

「お試しレッスンの方ですよね。瑞歩さんのお友だちでいらしたんですね。それはそれは」

と園田実日子は言った。感じはよかったがどこか本を読んでいるような口調で、声の端が微か《かす》にふるえるのは、声質なのか、初対面の相手に緊張するタイプなのか。そういうタイプのひとがこんな教室を主宰しているとは考えにくいけれど――。まりはそんなことを考えながら、自己紹介した。もちろんこの場合は、能海まり、不動産鑑定士の夫の秘書をやっています、と正確に言った。瑞歩は何年か前からこのレッスンに通っていて、面白いから一緒に行こうよと再三誘われていたのだった。持参したエプロンを着け、レッスンの進めかたについて説明を受けていると、アシスタントだという女性が奥からあらわれ、ほかの生徒たちも集まってきた。まりと同じ「お試し」のひとがひとり、馴染《なじ》みのメンバーらしいひとたちがふたり。アシスタント、まりと瑞歩を含めて全員三十代と思われる女性で、総勢七人という、こぢんまりとしたレッスンだった。

料理教室と聞いたとき、まりが思い浮かべたのは小中学校の家庭科の調理実習だったのだが、この教室ではあらかじめ下拵《したごしら》えしてある食材を園田実日子が料理してみせるのを、生徒たちが見学するという形式になっている。今日は「手軽にエスニックごはん」と題された、タイふう春雨《はるさめ》サラダ、海老《えび》の揚げパン、豚肉と筍《たけのこ》の炒《いた》めもの、というメニューだった。海老のすり身を塗りつけたパンを揚げるときにはすり身の側から油に入れるとか、炒めものをするときにはフライパン

の中を最初から一生懸命混ぜずに、しばらく置いて食材を焼きつけたほうがいいとか、有用なコツを説明しながら園田実日子は実演した。愛想がないというほどでもないけれど、さばさばと必要なことだけを口にする教えぶりは、好ききらいが分かれるだろう。大人気でレッスンの予約がいつでも何十人待ち、というようなタイプの料理家ではなさそうだ（実際、予約はすぐできた）。でも、ベタベタしたレッスンよりも自分には合っているようにまりには思えた。といって、方便でなく通い続ける考えはほとんどなかったのだけれど。

できあがった料理を生徒たちで配膳して――エプロンはこのときのため、ということらしい――、みんなでテーブルに着いた。この会食にはビールかワインか日本酒一杯が無料でついていて、そのあとは任意で一杯ずつ有料で飲むことができる。みなさん結構お飲みになります、レッスンよりもこちらを楽しみにいらっしゃる方も多いみたいで、とさっき説明の中で園田実日子は言っていた。たぶん瑞歩もそちら側で、それで通い続けてもいるのだろう。

揃えたわけではなかったが、この日は全員が一杯目にビール――３５０㎖缶のオリオンビール――を選んで、園田実日子が乾杯の音頭《おんど》をとった。その後で「長い間お休みしていて、ごめんなさい」と、それが乾杯の理由だったかのように言ったが、まりはそのことは知らなかった。そういえば以前は瑞歩に会うたびにこの教室に誘われていたのが、この一年ほどはなかった。休業明けにタイミングよく申し込んだというわけか。どこか外国にでも行っていたのだろうか。

休業の理由を、新参者の自分が聞くべきだろうかとまりは考えた。けれども何か聞きづらい雰囲気があって、同時に、自分が口火を切るのをみんなが待ち構えているような気配を感じた――ようするに園田実日子の発言のあと、不自然な間ができていた。それから、その間を払拭《ふっしょく》するように、以前から通っているという女性が「先生、お帰りなさい！」とややわざとらしくあかるい声を上げた。お帰りなさい。待っていました。声が続く。まりが瑞歩のほうを窺《うかが》うと向こうもこちらを見ていたが、ふいと視線を逸《そ》らして、「お初の方々の自己紹介は？」と瑞歩は言った。

「そうね、お願いしましょうか。ここから先は、食べながらで」

園田実日子が言った。彼女にではなくメンバーに対して、ということらしい。この場は女子会みたいなものなのだろう。まりはもうひとりの「お初」に先駆けて名乗った。

「能海まりといいます。年齢は園田先生と同じです。不動産鑑定士の秘書をやっています」

「その不動産鑑定士というのは、ご主人なんですよね？」

園田実日子が念を押したので、まりはちょっとびっくりしながら、「はい、いちおう」と笑ってみせた。

「いちおう」

その言葉を園田実日子はわざわざ拾って、笑い返した。追従するような笑いが起きる。

「ご主人との仲は良好ですか？」

まりは思わず瑞歩を見る。瑞歩は小さく首を振った。まりのプライベートについて、自分は何も話していないという意味だろう。そのやりとりが目に入ったのか、「あ、もちろん答えたくなかったら答えないでね」と園田実日子が言った。そんなのは当たり前だろうとまりは思う。警察の事情聴取じゃないのだから、答える義務なんてあるわけない。だが、そんな質問をされて答えなかったら、そのこと自体がひとつの答えになってしまうだろう。

「悪いです」

結局、まりは胸を張ってそう答える、という選択をした。どのみち瑞歩は知っているし、そう答えたほうが質問者を怯《ひる》ませるだろう。

「あらら」

園田実日子はそういう反応をした。さっき、レッスンの前に短く言葉を交わしたときとはなんだか印象が違う。図々《ずうずう》しいというより、不安定なひとだという印象をまりは持った。困ったような笑いが起きて、もうひとりの新参者の自己紹介に移った。まりはようやく落ち着いて食べはじめた。園田実日子の料理はどれも、気が利いていておいしかった。

薄暗いバーのボックス席にまりは座って、ふきのとうを刻む園田実日子の手をなぜか思い返した。細くて長い指で握った包丁をトントントンとリズミカルに動かすと、きれいな黄緑色のみじん切りが、魔法みたいに山になっていった。

そのふきのとうは、海老の揚げパンのすり身に混ぜ込んであった。パクチーを入れるとおいしいから、ふきのとうでもおいしいかなと思ってやってみたんです、名残のふきのとうが出ていたので……と園田実日子は言っていた。そういうことを思いつくのが料理研究家なのだなとまりは思う。あれはうちでも作ってみたい。光一はパクチーはもちろんふきのとうのような香りのあるものは苦手だから、自分ひとりで食べることになるだろうけれど。名残のふきのとうか。旬《しゅん》のものを食べるこだわりも楽しみも、光一と結婚してからすっかり失われてしまった。

「ごめん、ごめん」

店の外に出て電話をかけていた瑞歩が戻ってきた。料理教室のあと、ふたりでもう少し飲もうという話になり、瑞歩が知っていたこのバーに来ている。一杯目を飲みはじめてすぐ、スマートフォンが鳴り出して、瑞歩は画面を一瞥《いちべつ》するなりいそいそと席を立っていた。

「オトコでしょ」

まりは言った。瑞歩は独身で、会社や仕事を転々とするのと同様に男を渡り歩いている。

「新しいオトコ？　こないだのひととはどうなったんだっけ」

「まあそれはおいおい話すから。それよりどうだった？　料理教室。通う気になった？」

「どうかな」

まりが曖昧な返事をしたのは、マッチングアプリ関係の事情のせいだったのだが、「あー、だよね、やっぱりね」と瑞歩は得心したふうに続けた。

「やっぱりって？」

まりはレッドアイを飲み干した。料理教室ではビールの後、有料の白ワインをグラス三杯飲んできたから、結構アルコールが回っている。でも、もっと飲もうと思っている。瑞歩と一緒だということはわかっているから、光一に言い訳する必要もない。いい顔はしないだろうが、かまわない。

ここは東北沢《ひがしきたざわ》に近い場所の、地下にあるバーで、間口からすると広々とした店内は、仄暗《ほのぐら》さが落ち着く。マッチングアプリで出会った男とお酒を飲むことがあったら、ここへ連れてきてもいいな、などということもまりは考える。

「ちょっとへんだったよね、今日の雰囲気」

瑞歩はそう言って、お湯割りにしたラムを啜《すす》る。ふたりともアルコールには強いが、瑞歩のほうが強い。

「いつもはもっと違う雰囲気なの？」

「いつもっていうか、以前はね。一年経ったけど、やっぱりまだ無理があるのかな」

「一年って？　何から？」

カウンターの中のウェイター――なかなかいい男――がこちらを見ているので、次の飲みものを注文するためにまりは片手を挙げた。

「亡くなったんだよね、ご主人が。心臓だったかな、脳だったかな、とにかく突然だったみたい」

瑞歩は言った。

「あ……そうなんだ」

間の抜けた返事になった。あの不安定さはそのせいだったのかと思ったが、「気の毒に」という言葉は自然には出てこなかった。だからといって「うらやましい」などと言うわけにもいかないだろう。

ウェイターがやってきたので、まりはジンライムを注文した。

2

「うわ」

後頭部に、男の声が降ってくる。同時に首の付け根が強く圧迫されて、実日子は呻《うめ》いた。

「ガチガチですね。頭が痛くなったりしませんでしたか？」

押す力を少し弱めながら――それでもじゅうぶん痛いが――鍼灸師《しんきゅうし》は言い、

「どうかなあ。たまに痛かったような気もするけど」

と実日子は答えた。床に敷いたマットレスに俯《うつぶ》せになり、鍼灸師が持参したドーナツ型の枕《まくら》に顔を埋めているから、声がくぐもる。

「慣れちゃうんですよね、痛いのがデフォルトだと」

実日子はこれには返事をしなかった。会話が面倒になったというよりは、その言葉について考えていたためだ。慣れちゃうんですよね、痛いのがデフォルトだと。そういうものだろうか。だとすればそれはいいことだろうか、悪いことだろうか。

うなじに鍼《はり》が打ち込まれる。痛くはないが、何かが頭頂部にまで伝わっていくような感触がある。

「慣れちゃだめなんですよ、悪いことには」

実日子の心を読んだかのように鍼灸師は言った。

「そうよね」

と実日子は小さく答えたが、それならどうすればいいいんだろう、と考えていた。


施術は実日子の自宅の寝室で行われていた。ベッドだと柔らかすぎるから床にマットレスを敷いたほうがいいとのことで、それも鍼灸師が車に積んで持ってきていた。

施術が終わって、寝室とひと続きのパウダールームで実日子が身仕舞いを整えて戻ると、マットレスはすでに撤去されていて、鍼灸師の姿もなかった。二階に上がると、彼はキッチンカウンター越しに彼の姉と喋っていた。

「お疲れさま〜」

ゆかりが弟より先に実日子に気づいて、声を上げる。それで鍼灸師も振り返り、「お疲れでした〜」と歯を見せた。弟の名前はたしか勇介《ゆうすけ》と紹介されていた。実日子は頷《うなず》き、「気持ちが良かった」ということをあらわすために、両手を挙げて伸びをしてみせた。

「いかがでした？　こいつ、良からぬ真似とかしませんでしたか？」

キッチンでの作業に戻ったゆかりが背中を向けたまま、言う。ゆかりは実日子が料理教室をはじめて以来のアシスタントで、今年で九年の付き合いになる。するわけないだろ。勇介が弟らしく言い返した。

「上手だったわ。体がずいぶん軽くなった気がする」

言おうと決めていたことを実日子は言った——実際のところは、何かが変わったような気はしなかったが、それは鍼灸師の技量とは無関係で、自分の心のせいなのだろうと思った。それから実日子は、ゆかりがキッチンの中にいることにあらためて気がついた。

「ごめんなさい。洗いもの、してくれたのね」

昨日の夕食の後からそのままになっていた。最近はそんなふうに、シンクの中に汚れた食器を溜めてしまうことがときどきある。今日はふたりが来るから、それまでには片付けておこうと思っていたのに、何をするでもなく時間が経って、呼び鈴でハッと顔を上げたのだった。

「ついでにごはん、かけちゃいました。あと出汁《だし》もとってあります。四カップ」

ようやく振り向いて、ゆかりは言った。意味がわからず、実日子はしばらくぼんやりする。それから、そうだ、今日はふたりに昼食を振る舞う約束だったのだと思い出した。

「ありがとう。じゃあもう、ゆかりちゃんに全部作ってもらおうかな」

「だめだめ、だめですよ。先生のごはんが食べたくて、今日は弟についてきたんだから」

「僕も姉の料理は食べたくないです」

「なによあんた。その言いかたはないでしょ?」

姉と弟のやりとりに、実日子は笑った。笑わせてもらったのかもしれなかった。そういえばゆかりのエプロンは自前だった。私のこの体たらくを見越して持参したのかもしれないと、実日子は思った。


バター焼き用の牛肉は、昨日買っておいたのだった。

鍼灸師として独立したばかりだというゆかりの弟が、家まで施術に来てくれるというので、彼は何が好きなのかとゆかりに聞いた。まあ、肉ですね。そういう答えだったから、今日の昼はステーキ丼《どん》にしようと考えていた。ゆかりに予告までしていたのに、頭からすっぽり抜け落ちていた。いや、抜け落ちていたというのは正しくない。そもそも頭の中に入っていなかったのだ。一年前からずっと、思いつきもひととの会話も、頭の肝心な部分の外側を水みたいに流れ落ちていくような感触がある。

肉はフライパンで焼いて、醬油《しょうゆ》と酒を合わせたタレを絡ませる。絹さやをたっぷり、茹《ゆ》でて千切りにしたものにはバターを絡めて、丼によそったごはんの上に、まずはそれをのせる。その上に肉。アクセントに実山椒《みざんしょう》の佃煮《つくだに》も少々。クレソンとトマトと小蕪《こかぶ》にちりめんじゃこを散らしてサラダを作り、おつゆは白味噌《しろみそ》で、玉ねぎとかき玉にした。

実日子はひとりで料理した。実日子がキッチンに入るとゆかりはさっさと出ていって、弟とふたりでまるで子供みたいにテーブルに着いて待っていた。でも、できあがるとすぐに運ぶのを手伝いに来てくれたから、実日子がちゃんとやり遂げるかどうか、見守っていたのかもしれない。

「わあ……」

と勇介が声を上げた。ずいぶん無邪気な声を上げる男だ、という印象を実日子は持つ。姉は横幅が実日子のゆうに三倍はあろうかという豊かな――ありていに言えば、豊かすぎる――体型だが、弟は小柄でひょろりとしている。顔は、姉と似たところもあるやさしげな女顔だから、体型と合わせると少女みたいにも見える。

「めちゃくちゃおいしそう。さすがですね」

ゆかりの言葉は賛辞というよりは激励に聞こえた。実際のところ、そうなのだろう。

「いただきます」

揃って手を合わせる姉弟に続いて、実日子も食べはじめた。きちんとできている、と思う。取りかかりさえすれば、手はほとんど自動的に動く。肉はちょうどいい焼き加減だし、絹さやは数ミリの幅に揃えられ美しい千切りになっている。味つけも、手と目の感覚だけでたぶん正しくできている。おいしいのだろう、と実日子は思う。向かい側の姉と弟が、「おいしい」「すごい」と連発しているから。だが自分自身では、よくわからない。咀嚼《そしやく》していて不快はないが、快もない。おいしいというのはどういうことだったか、よく思い出せない。

「いや、本当においしかったなあ。正直なところ今まで姉の料理は最高にうまいと思ってたんですけど、先生のはレベルが違いますね。レベルっていうか、人格が違うのかな」

食べ終わった勇介がそんな感想を述べた。人格！　ゆかりは繰り返して、目をまるくしてみせる。

「そりゃあ人格は違うわよ。ついでに言えば体型も違うけど。人格も体型もかけはなれているけど、実日子先生みたいにおいしいものが作りたくて、あたしは日々涙ぐましい努力をしてるんじゃないの」

「その通りだね、うん、悪かった」

あはははは、と、勇介は軽やかに笑う。同意を求めるように実日子のほうにも視線を移す。実日子は急いで口元を緩めた。ゆかりは実日子よりふたつ年下の三十六歳だから、その弟の勇介は少なくとも三歳は実日子より年下ということになる。もう少し下かもしれない、と考える。

勇介は笑顔のまま上方を仰いだ。リビングの天井は屋根の形のままになっていて、天窓から入る日差しがちょうど彼の顔の上に落ちている。

俊生《としお》もよくああいう顔をしていた。

実日子は思う。わざわざ自分から振り仰いで、日差しに目を細めて。そうだ、今、勇介が座っている椅子は俊生の席だった。いつも彼はそこに座って、私と向かい合っていた。

「かっこいい家ですね。僕もいつか家を建てることがあったら、こういう家がいいな」

「いつか家を建てられるようになるといいけどね」

「先生、建築家の名前を教えてくださいよ」

この家は俊生の友人が設計した。もともとは彼の店の常連だった男性で、仲良くなって自宅の設計を任せることになったのだ。設計料は「友人価格」で勉強するから、思い切ったことをやらせてほしいという条件を受け入れて、この家ははじめて訪れたひとがキョロキョロするようなデザインになった。俊生の葬儀には建築家も来て、ボロボロと泣いていた。俊生はこの家に六年しか住まなかった。

「先生?」

呼ばれていることに気がつくまでしばらくかかった。訝《いぶか》しげな弟の顔と、気遣わしげな姉の顔がじっと実日子を見ている。

「気が早すぎでしょ、貯金ゼロ円のくせに」

ゆかりが弟に言い、

「〝先生〟はやめて。ゆかりさんはいいんだけど、弟さんから呼ばれると、なんだかへんな感じ」

実日子はそんなふうに、ぼんやりしていた理由を言い訳した。

食後の片付けをゆかりとふたりで済ませたあと――ゆかりがいなかったらまたしばらくそのままだったかもしれない――、今夜の料理教室のための打ち合わせをし、それが終わると、ゆかりは弟の車に乗って帰っていった。

それじゃあ、帰りますけど。ゆかりはそう告げたあと、しばらく動かなかった。帰りますけど、大丈夫ですか。帰りますけど、本当に帰ってもいいですか。暗にそう聞いていたのだろう。だから実日子は、「今日はありがとう、あとでね」と微笑んだ。けれども姉弟が家を出ていって、車が走り去る音が窓の向こうから聞こえてくると、ひとり置き去りにされたような心地になった。

誰かが来て、いなくなるからだめなのだ、と考える。最初から誰もいなければ、放《ほう》り出されたような気持ちにはならないだろう。それで、この一年間はずっと、なるべくひとりで過ごすようにしてきた。ゆかりはそれを心配して、何くれと理由をつけてこの家にやってくる。今日だって、ちょっと肩が凝っているみたいと口にしただけで、それなら弟を連れて行きますということになったのだった。彼はまだ治療院を構えていなくて、当分は出張鍼灸師としてやっていくらしい。

最初の頃――俊生が亡くなってすぐは、ゆかりは連日、この家に泊まり込んでいた。それを断る気力もなかったし、実際のところゆかりに無理やり食べさせられ、入浴させられ、ベッドに連れていかれて、あの頃はからくも人間の形をとどめていたと言える。今、気遣わしげながらもゆかりが帰っていくということは、それなりに私は回復しているのだろう。実際のところ、食欲はなくても食事を作ることはできるようになったし、作ればそれを食べもする。まだあまりよく眠れないが、朝になれば起きて、洗顔もするし髪を梳《と》かしたりもするようになった。仕事だって再開したのだから。

食後に三人で飲んだ中国茶の急須《きゅうす》に湯を入れて、薄いお茶を淹れた。食事中と同じ椅子に掛けて、それを啜った。俊生がいる頃は、こういうとき飲むのは自家製の梅酒だった。小さなグラスに注《つ》いで氷を浮かべてちびちび飲むと、体の中のスイッチがひとつ入ったような気がしたものだった。でも今は梅酒は飲まない。漬け込んだジャーは納戸の奥にしまい込んで、うっかり目に触れないようにしている。この梅酒を漬けたときには俊生はまだ元気だった、と考えるのがいやだから。

さっき勇介の顔に落ちていた陽光は、今はテーブルの上に斜めの模様を作っている。連休中はずっと好天で「絶好の行楽日和」が続くと新聞に書いてあった。今日は五月一日だった。俊生が亡くなってから、一年と少しが経った。

去年のこの時期を自分がどう過ごしていたか、実日子はほとんど覚えていなかった。料理教室はもちろん休止していた。ホームページには「一身上の都合により」とだけ記して、すでに通ってきている生徒たちには理由を伝えて——それらの手続きはほとんどすべてゆかりが引き受けていたわけだけれど。未亡人としての各種手続きは自分でやるほかなくて、それもゆかりの指示のもとに動いていたのだけれど、どうにか腰を上げてのろのろと役所へ行ったら休みだった、ということが何度かあったのが、連休中だったのかもしれない。

その前年の連休のことはよく覚えている。思い出さずにはいられない。五月五日のこどもの日に、俊生が敬愛する小説家を呼び、トークショーを開催することになっていたのだった。俊生の興奮ぶりといったらなかった。トークの聞き手は彼だったから、本番前にふたりで幾度もシミュレーションした。夕食の後、このテーブルで向かい合って、実日子が小説家役になって。俊生の真面目な質問に、ときどきふざけた答えを返すと、彼も調子を合わせてどんどんおかしなやりとりになって、大笑いした。トークショーはうまくいって、小説家からも楽しかったと言ってもらえて、その夜、やっぱりこのテーブルで、ふたりで小さな打ち上げをしながら、「あれってさ、お世辞じゃなくて本音かな、楽しかったって彼が言っていたのは」と俊生があんまり何回も言うから、しまいに実日子は「あれってお世辞だったんじゃないかしら」と言ってやった。「いや、あれは本音だったよ」と俊生は言い、「その通りね」と実日子は言った。夜十時から飲みはじめたのに、白ワインが一本、あっという間に空になった。幸福な、やわらかな夜。あのとき、来年の今頃に俊生がこの世から消え失《う》せているなんて、想像するはずもなかった。

どこかでスマートフォンが鳴り出した。実日子は辺りを探して、ソファの上にあったそれを取った。かけてきたのは俊生の仕事仲間だったひとだった。夫の店の本の処分を頼んでいた。

「急なんですけど、今日このあとのご都合はいかがですか。車と人間の手配が今日ならちょうどいいんですが」

「今日……」

実日子は考えるふりをした。実際には、考えるまでもなく都合はついた。実日子の料理教室は俊生の店の一部にあるのだから。早めに出かけて、夫の店のシャッターを開けて待っていればいい。

「……ええ、大丈夫です。お願いします」

結局、そう答えた。時間を相談して、電話を切った。いつかはしなければならないことなら、早く済ませてしまったほうがいいだろう。料理教室を再開することを決めたときに、夫の店を片付ける決心もしたのだった。仕事に復帰できるなら、本の処分もできるだろうと思った。そうやって前進しなければならないと思ったし、前進できるだろうと思っていた。


実日子は必要以上に早く家を出た――ぐずぐずしているとどんどん出かけたくなくなっていくようだったから。

下北沢《しもきたざわ》まではゆっくり歩いて十五分あまりの距離だった。俊生がいるときも、彼は朝から店に出ていたから、料理教室へ行くときには、たいていは実日子ひとりで歩いた道だった。それなのに俊生が死んで以降、道の景色はがらりと変わって見えた。すべてのものが実日子から遠かった。空も、線路も、店も、風も、日差しも、看板も、踏切の音も、匂いも、自分に無関心であるように感じられたが、それは実日子自身が、それらのすべてに今やさっぱり関心が持てないせいなのかもしれなかった。

料理教室で使う食材の幾つかを途中で買って行くつもりだったのに、気がつくとスーパーに寄らぬまま店まで来てしまっていた。実日子はシャッターの上の「都合により閉店中」と書かれた張り紙をはがし、キーホルダーに付けた鍵《かぎ》のひとつで、シャッターを開けた。隣の料理教室と同じ大きさのガラス窓があらわれて、以前と変わらぬままの店内が見えた。

実日子は料理教室のほうから中に入った。ここはもともとブックカフェで、その前は義父の古書店だった。古書店を継いだ俊生がブックカフェに改装して、そのあと実日子が料理の仕事をするようになって、店の半分を料理教室にした。ブックカフェと料理教室の境はガラスを嵌《は》めた引き戸になっていて、戸のこちら側にはカーテンが掛かっていた。引き戸を開け放って広いスペースでイベントを行うこともあったのだった。実日子はそのカーテンをしばらくじっと睨《にら》んでいた。それからそれを開けた。さらにしばらく、ガラス戸越しにブックカフェを眺めてから、引き戸も開けた。

匂いがした。

古書の匂いとコーヒーの香りが混じっていたが、実日子にとっては実質的に夫の匂いだった。それがほとんど暴力的に実日子に向かってきた。俊生が死んだあと幾つかの事務処理のために入って以来、ここには足を踏み入れぬままだった。実日子は店内を歩いた。店の中は何ひとつ変わっていなかった。約一年間放ったままだったのに、まるで冷凍されていたかのように、埃《ほこり》すら積もっていなかった。それなのに俊生だけがいないというのは、悲しいというより奇妙なことに思えた。

本を引き取りに来るひとたちのために、実日子はブックカフェのキッチンでコーヒーを淹れることにした。最初にあった厨房《ちゅうぼう》は料理教室のほうで使っているので、こちらにあるのは二口コンロを置いただけの小さなキッチンだった。ドリップ用の、注ぎ口の細いケトルがコンロの上に載っていて、ケトルの中には半分ほど水が入っていた。ここで最後にコーヒーを淹れたのは誰だろうか。俊生が死んだあと、このキッチンは誰も使っていないはずだ。とすればこの水をケトルに注いだのは俊生ということになる。

その水をシンクに流してしまうことにはためらいがあった。けれども水を替えなければコーヒーは淹れられないから、実日子はケトルをシンクに傾けた。細い筋になって排水口に消えていく水を見ていたら、息が詰まるような感じがした。そのとき呼び鈴が鳴った。

お久しぶりですと言いながら、ふたりの男たちが入ってきた。どちらも俊生の父親のような古本屋で、俊生は彼らと月に何度か古書市場で過ごしていたし、一緒に飲んだり麻雀《マージャン》をすることもあるような仲だった。実日子のほうは顔見知り程度だったけれど、彼らのことは好きだった。というのは彼ら、古書店主たちはたいてい不器用で、実日子を慰めたり自分たちの悲しみを表明したり、何か気の利いたことを言ったりする努力を最初から放棄していたからだ。彼らは余計なことをほとんど言わなかった。

「どこから運び出しましょうか」

壁のぐるりの本棚を見渡して、ひとりが言った。どこからでも、と実日子は答えた。すると男たちは顔を見合わせた。

「全部持ってってしまっていいんですか？　手元に置いておきたい本もあるでしょう？　選ぶ間、雑誌やなんかを整理しながら待っていますよ」

必要なものは抜いておいてくださいと、最初に連絡したときに言われていたのだった。連絡したこと自体をそのあとすぐに頭から追い出していたから、当然抜いておくことも考えなかった。わかりました、ごめんなさいと実日子は答えて、いちばん近い書棚を見上げた。

店内の棚に差してあるのはすべて古本で売りものだ（奥付のページに小さな値札が貼ってある）。でもそれらの一部は、俊生にとっては思い入れのある蔵書でもあった。もちろん客がレジに持って来れば何も言わずに売ったけれど、そういうときにはいつも帰宅してから、あれ、売れちまったよと残念そうに報告した。たまたま実日子も一緒に店にいるとき、客がそういう本に手を伸ばすと、ふたりではらはらしながら見守った。客がその本を棚に戻すと、俊生は実日子に笑顔を向けて、実日子だけに見えるようにガッツポーズをした。

そういう本は、手元に置いておくべきなのだろう。全部とは言わなくても何冊か、俊生がとくに大事にしていたようなものを。実日子は棚に手を伸ばした。一瞬だけ本に触れたが、すぐに手を戻した。

「やっぱり、いいです」

床に屈《かが》み込んで雑誌に紐《ひも》をかけている男たちに、実日子は言った。

「書棚の端から全部持っていってください」

「いいんですか」

「ええ」

男たちは再び顔を見合わせたが、言う通りにしようと決めたようだった。ふたりは自分たちに近い側の本棚からはじめた。実日子からは遠い本棚、ということだったのかもしれないが、向かい側だったから作業はよく見えた。男の大きな手——俊生の手は古本屋としては華奢《きゃしゃ》だった——が、数冊まとめて、易々《やすやす》と摑《つか》んで、本棚から引き抜いていく。もうひとりの男がそれを重ねて紐をかける。一架があっという間に空になる。

実日子は店の外に出た。どこへ行くあてもなく歩き出し、気がつくと走っていた——泣きながら。


泣いたのはずいぶん久しぶりだった。

俊生が亡くなった直後は泣かなかった。納骨を終えた日の夜に、家に戻って、ああ疲れた、と口に出したときにはじめて泣いた。疲れたね、と俊生が答えてくれないことがひどく理不尽に思えて。大きな声で、長い間泣いていたのだが、凍りついていたものが溶け出したという感触があった。とすればそのあとでまた凍っていたのか。それが今溶け出しているのか。あと何回、凍って、溶ければ、これは終わるのだろうか。

声は出さなかった。ただ拭っても拭っても涙が溢《あふ》れ続けた。走っていたから、通りかかるひとは実日子が汗を拭っているように見えたかもしれない。それでもひとのいないところへ行きたくて、商店街を抜けて住宅街に入った。その辺りにいつでも閑散としている公園があることを知っていたからだが、今日、公園内には子供たちがいた。

小学校中学年くらいの男の子たちが五、六人、遊ぶのではなく、突っ立って何かを見ている。近づくと子供たちの向こうで、黒い中国服のようなものを着た男が、カンフーの演武のようなことをしていた。横を通り過ぎようとして、実日子は足を止めた。その男が勇介だったからだ。

少し離れたところにあるベンチに、実日子は掛けた。思う様泣くつもりでここまで来たのに、思いがけない光景を見て涙は止まってしまった。勇介の動きは優雅だった。子供たちも気を呑《の》まれたようになって見ている。やがて演武は終わって、勇介は子供たちに向かって両手を合わせて頭を下げた。シェーシェー、と男の子のひとりが声を上げると、ほかの子たちも勢いづいて、シェーシェー、ニーハオ、と知っている中国語を叫び始めた。

なんだか現実感がなくなってきて、子供たちの歓声をぼんやり聞いていたら、ふいに勇介がくるりと実日子のほうを向いた。

「どうしたの?」

実日子が言うと、

「それ、僕の科白だと思うんですけど」

と勇介は言った。その通りだ。

「ごめんなさい。びっくりしちゃって」

「僕も……」

勇介は言いかけてやめた。実日子の顔が泣いたあとであることに気づいたようだった。ニーハオ、とまた子供が叫んだが、それは別れの挨拶《あいさつ》のつもりであるようだった。陰気な顔のオバサンと何やら話し込んでいるカンフーマンにはもう興味を失ったのだろう。子供たちは公園の外に駆け出していった。

「買い物の前に少し散歩しようと思って歩いてて、たまたま通りかかったの」

勇介が何か言う前に実日子は言った。

「買い物って、料理教室の?」

「そう。ゆかりさんにも頼んでるんだけど、こちらで買うものもあるから」

「じゃあ、一緒に行きましょう」

「一緒に行きましょうか」でも「一緒に行ってもいいですか」でもなかったから、実日子はいくらか当惑しながら、勇介と一緒に歩き出すことになった。

「カンフーの名人なのね」

「カンフーっていうか、太極拳《たいきょくけん》ですけどね。こっちのインストラクターもやってるんですよ」

「その服、よく似合ってるわ」

「その姿で一緒に歩いてくれるなって、姉にはいつも言われてますけど。すみません……家からこの格好で出てきたもんで」

「どういうふうに見えるかしらね、私たち」

「芸人と興行主とか。奥様とボディガードとか」

実日子の泣き顔について彼は触れないことに決めたようだった。その代わりとして買い物に付き合う、ということなのかもしれない。駅近くの大型スーパーマーケットにふたりで入るとそれまで以上の注目を浴びたが、それがなんだか可笑《おか》しくて、実日子は少し気持ちが晴れた。実際のところ勇介に公園で出会わなかったら、買い物をするのはもちろん、料理教室に戻る気にもなれなかったかもしれない。実日子はそう考え、それから、もうひとつのことにも気がついた。


男たちは実日子が戻ってきたことにほっとした様子だった。奇妙ななりの男と一緒であること、彼がレジ袋を提げていることで、何か急に用事を思い出して飛び出したのだろうと思うことにしてくれたようだった。

実日子がいない間も彼らは仕事を進めていた。空っぽになった本棚が外からちらりと見えたが、実日子は男たちへの挨拶もそこそこに料理教室の入口から中へ入って、仕切りのカーテンをぴたりと閉めた。今となっては本の処分を取りやめたくなっていたが、相手を困惑させずにその意思を伝えられる自信がなかった。料理教室の生徒がやってくる前に、彼らは仕事を終えるだろう。次に夫の店に入るときには、彼の本棚はすっかりがらんどうになっていて、店内の光景は見知らぬものになっているだろう。それがいいことなのか悪いことなのか実日子はよくわからなかった。

「料理教室って、こんなふうになってるんですね」

買ってきたものを実日子の指示でそれぞれの場所に置いた勇介が、やや手持ち無沙汰《ぶさた》になったふうに、辺りを見渡している。

「今日は何を作るんですか」

「あ、そこのペン、取ってくださる?」

実日子は勇介に手渡されたペンで、今日のメニューをカードに書いた。

筍のマリネ
大人のチキンナゲット
ブイヤベース
三種の豆のバターごはん

へえーっと勇介が覗き込んだとき、ゆかりが入ってきた。あら、あんた、何やってんの?　姉ちゃんの代わりに、俺がここの助手になったんだ。姉と弟はテンポよく、漫才《まんざい》みたいなやりとりを交わす。

「それじゃ、助手は姉に譲って、僕は帰りますね」

勇介は実日子に向かってそう言うと、出ていった。そそくさと、と言ってもいい立ち去りかただったけれど、無理もないことだと実日子は思う。泣き顔の私に出会ってしまったのは、彼にとってまったく予定外の事態だったに違いないのだから。

「あいつ、どうしたんですか？　自分からここに来たんですか？」

買い物の途中でばったり会って、荷物を持ってくれたのだと、実日子はゆかりに説明した。そして聞いた。

「彼、もしかして、知らないの？」

「え？」

ゆかりは一瞬、きょとんとする。私のこと、と実日子は言った。それでゆかりはわかったようだった。

「……ええ、はい。まだ言ってません。実日子先生の、ご主人が亡くなったことですよね？　言うタイミングがなくて……言っていいのかどうかもよくわからなくて。先生の口から伝わったほうがいいのかなって」

「いいのよ。責めてるんじゃないの。ありがたいと思っているの」

慌てるゆかりを宥《なだ》めるように実日子は微笑んだ。

「言わないでほしいの。私が夫を亡くした女だということ、彼には。できるかぎりずっと」

自分が勇介に対してとくべつな感情を抱いているとは実日子は考えなかった。ただ、自分の近くにひとりくらい、俊生が死んだことを知らないひとがいてもいいんじゃないかと思ったのだった。

3

白ワインにはサフランを漬けておく。「入れなくてもいいけど、入れればいきなりそれっぽくなるから」と実日子先生は言っていた。アマゾンで、入浴剤を買うついでにサフランの小瓶も注文した。昨日、下北沢のスーパーで買ったのは野菜と、トマト缶と浅蜊《あさり》と金目鯛《きんめだい》の切り身ふた切れ。その切り身を、それぞれふたつに切って四切れにして、オリーブオイルを引いたフライパンで軽く焼く。同じフライパンで薄切りのじゃがいもも炒める。そうすると煮崩れしにくくなるそうだ。浅蜊は白ワインで酒蒸しする。先に作っておいたトマトスープの中に、具材を入れてかるく煮込む。煮込んでいる間に、ニンニクをすりおろして卵黄やサラダ油と混ぜ、アイオリソースを作っておく。

ブイヤベース。レストランで食べたことは結婚前に一度くらいはあった気がするけれど、自分で料理するのははじめてだった。実日子先生——と、レッスンに二回行った今は、声に出しても、心の中でも呼んでいる――のレシピで作ったら、思っていたよりもずっと簡単だった。ほかには、絹さやとスナップエンドウとグリーンピースをあとから混ぜ込むバターライスと、朝から仕込んでおいた筍――細くてすぐ茹だる淡竹《はちく》がスーパーに出ていた――のマリネ。今夜の献立は、料理教室で教わったもので揃えた。

鍋の火を止めると、まりはインターフォンのボタンを押した。ブザーが光一の部屋で鳴る。わざわざ取りつけたものではなくて、玄関用のモニターにおまけみたいに付いていたものだが、ここ数年、仕事場にいる光一に食事を知らせるときにはこのボタンを押すようになっている。以前は部屋まで呼びに行っていたし、「ごはんよー」と大きな声を放っていたときもあった。声を放って、夫がなかなかあらわれないから、部屋まで呼びに行っていたときもあった。いろんな時期と段階を経て、今はもうブザーを押すだけだ。ブザーのほうがストレスがない。押してもすぐ来なければ、もう一度押す。多いときでも三度押せばあらわれる。それ以上待たせるとケンカになるということが光一にもわかっているからだ。だが、いつからブザーになったのか、自分がいつから妻の声で呼ばれなくなったのか、夫は気づいているのだろうか、とまりは思う。

今夜は光一は、二度目のブザーを押す前にあらわれた。まずリビングへ行ってテレビをつけ、リモコンを操作して番組を選んだ。今日はクイズ番組を観るようだ。それからダイニングへ来てテーブルの上を見渡すと、つまらなそうに席に着いた。豚の生姜《しょうが》焼き、ハンバーグ、すき焼き、とんかつといったものが光一の好物だ。それ以外でも文句は言わないが、あからさまにがっかりした様子になる。

まりは自分のワイングラスに白ワインを注いだ。光一は完全な下戸《げこ》でもある。彼の前にはいつものように、麦茶を入れたピッチャーが置いてある。

「お鍋に入ってるのはブイヤベースよ、お魚のスープなの、こっちのソースを少しずつ足して食べてみて。ごはんはバターライスだから、このお皿に取ってね。筍はあなたには少し塩気が足りないかもしれない、言ってくれたら、お塩を持ってくるわ」

まりは料理についてひとわたり説明した。

「白飯はないの？」

それが光一が発した最初の一言だった。

「ないのよ」

「わかった」

まりは光一のスープ皿にブイヤベースをよそった。自分でやらせると、絶対にこぼしてテーブルがベタベタになるし、放っておくと手を出さないかもしれないからだ。今日の献立にかぎらず、大皿に盛って取り分ける形式にしているのは、光一の偏食のせいだった。苦手な食材でなくても、彼にとって未知の味付けや料理法だと、ほとんど箸《はし》をつけないことがある。案の定、バターライスは自分で皿に取ったが、筍には見向きもしない。

「うん、おいしいわね」

ブイヤベースをひとくち食べて、まりは言った。光一は何も言わない。

「どう？」

今度ははっきりと夫のほうを向いて、そう聞いた。「うん」と光一は頷く。「そこそこおいしい」という意味だろうか。「おいしくないけど、まあ食べられる」という意味かもしれない。「食べたくないけど、ほかに食べられるものがないからしかたがない」という意味かも。だがもう、まりは以前のように「うん、ってどういう意味？」と聞き返したりはしない。彼がどう思っていようと、どうでもいいわ、と思うことにする。

まりは白ワインをくいくいと飲んだ。

「今日のお料理は全部、料理教室で習ってきたのよ」

「へえ」

まりは筍を口に入れ、咀嚼する。一、二、三、四、五……と、咀嚼数を無意識に数える。飲み込んでから、味わうことを忘れていたのに気がついた。

「……どうなの？」

光一が聞いた。仕方なさそうに。

「どうなのって？」

何を聞かれているか本当にわからなかったので、まりは聞き返した。

「料理教室。役に立ってるの？」

「立ってると思うけど。どう思う？」

料理教室で習った料理を出しているテーブルで、料理教室が役に立っているかと聞くのは、嫌味のつもりだろうか。料理だけでなく、暗に料理教室に通うことを非難しているのか。

「おいしくないの？　これ」

まりは踏み込んだ。

「いや」

と光一は目を合わせずに答える。

「おいしいの？」

光一は肩をすくめた。それからテレビのほうへ視線を移した。この話題はもう終わりということらしい。いや、いっそ食卓での会話の終了を告げているのだろう。

テレビにはダンヴォが出ていた。クイズの解答者としてひな壇に座り、ほかの解答者が答えている途中にボタンを何度も鳴らして、笑われている（早押しで解答権を得ることになっているわけだから、その行為には意味がないのだ）。本人は笑わない。真っ黒なサングラスをかけているから正確な表情はわからないが、口元は引き結ばれていて、「またダンヴォさん！」とか「あかんですよダンヴォさん！」とか、司会のお笑い芸人に喚《わめ》かれても、その顔で微かに首を傾《かし》げたりして、さらに相手を喜ばせている。

「ごちそうさま」

と言って光一が立ち上がったのは、いつもよりも幾分早かった。

ブイヤベースも彼自身でほんの少しよそったバターライスもお代わりしなかったから、きっとあとで空腹になって、自分の部屋でキャラメルコーンを貪《むさぼ》り食べるのだろう。

光一はリビングへ行き、コーヒーテーブルの上にあった新聞を手に、イージーチェアに座った。酒を飲まない光一の食事は、好物を出したときでも、まりよりもずっと早く終わる。そのあとのふるまいにももちろん段階があった。新婚の頃はそもそも、揃って食べ終わることができるように食べる速度を調節してくれていた。それから、先に食べ終わってしまうが、まりが食べ終わるまで付き合って、話したり、ワインを注いでくれたりする時期があった。そのあとは食べ終わると食卓で新聞を読むようになった。あるとき、その新聞のページの端が大皿の料理の汁の中に浸っていたから注意したら、わかったよと言って新聞を持ってリビングへ行った。それ以来、夫は食事が終わると、妻を放り出してリビングへ行く。

テレビはついたままだが、食卓を離れると光一はテレビを観ない。たぶんテレビは、食卓での彼にとっての鎧《よろい》というか、雨ガッパみたいなものなのだ。三人掛けのソファに座らないのは、以前、夫がそこで新聞を読んでいたとき、食事を終えたまりが隣に座ったせいだと思う。べつにしなだれかかったり間を詰めたりさえしなかったのに、あのとき、光一が身を硬くしていることがまりにはありありと伝わってきた。まるで私が毒蛇か何かみたいね、と思ったものだった。

まりはひとりでゆっくりと食事をする。光一がテーブルを離れてからのほうが、落ち着いて、おいしく、味わいながら食べられる。たいていはワインを飲むが、二日で一本のペースで空ける。テレビにも、夫がいなくなってからのほうが目を向ける。笑ったり、「はあ?」と声を出して呆《あき》れたりもする。妻はいい調子に酔っぱらっているのだろうと光一は思っていることだろう。実際のところその通りだ。酔っぱらいでもしなければやっていられない。

ようやくまりは食べ終えて、のろのろと片付けものに取りかかる。夫の収入によって生活しているとはいえ、彼の補佐としてフルタイムで働いているのに、家事全般を当たり前のように負担させられていることを理不尽に思いもする——この事実は話題に上るたびに友人の瑞歩を大憤慨させる——が、なんとかしたいと思っていた時期も、やはりもう過ぎてしまった。家事の負担なんて今や些末《さまつ》な問題である気がする。というか、それが改善されたところで、私が夫を大きらいなことは変わらないだろう。それに——と、まりは、鍋の中にまだ三分の一ほど残っているブイヤベースを、小さな鍋に移し替えながら考えた(これは明日、自分ひとりのランチのときに食べるつもりだ)。夜は長い。洗いものをしなければ、もっと長くなってしまう。

片付け終えると、リビングにはもう光一の姿はない。まりが手を拭いエプロンを外してリビングのほうを振り返る、おそらく三分くらい前に、夫は新聞をたたみ、浴室へ行くのだ。この家ではいつもこうして夫が先に入浴することが決まっている。光一に男尊女卑の思想はない——ただ、夜の妻との接触は必要最低限にすべしというルールを遵守している。それでまりは、自分ひとりぶんのお茶を淹れ、あらためてダイニングの椅子に腰掛けて、テーブルに新聞を広げて読む。リビングのイージーチェアには夫の体温がまだ残っていそうだから座る気にならない。

壁の上の小さなまるい掛け時計は、引越し祝いに瑞歩がくれたものだ。瑞歩にしては無難なデザインの、ナチュラルな木のフレームのもの（このデザインをあえて選んだことに、瑞歩の結婚観があらわれている気がする）。それをまりは、ちらりと見上げる。午後八時四十三分――まだ九時にもなっていない。夜はまだたっぷりある。夜というところが問題なのだと思う。それに家の中に夫がいるということが。

まりがベッドに入るのは午前零時だ。まだあと三時間あまりある。夫のあとで入浴しそのあとのスキンケアにたっぷり一時間かけても残り二時間。新聞を読み終わったら雑誌を読む。新聞の書評欄を見て買ってみたまま、積んである本の中の一冊をぱらぱらと読むかもしれない（読書は正直言ってあまり好きではない、というか得意ではない。すぐにほかのことを考えはじめてしまうから）。テレビは観ない（洗いものをはじめる前に消した）。ＤＶＤも観ないし、そもそも観たいＤＶＤがない（まだ夫とソファに並んで座ることができた頃に買った映画のＤＶＤが何本かキャビネットに入っているけれど、取り出してみる気にさえならない）。

休日の夫のように自分の部屋にこもって、インターネットに呆《ほう》けるなんてこともしたくない。いかにも時間を潰している、ということを自分で認めたくない。だが夜のこの時間の経ちかたはおそろしくのろい。夫が大きらいではない妻は、この時間何をして過ごしているのだろう？　あるいは世界中の、夫が大きらいな妻たちは、この時間をどんなふうにやり過ごしているのだろう？

それでもじりじりと時間は経って、やがてベッドに入ってもおかしくない時刻がやってくる。まりが寝室へ行くと、ふたつ並んだシングルベッドの窓側のほうの掛け布団が、光一の形にふくらんでいる。まりは物音を立てないようにとくに気をつけたりはしないけれど、夫は身じろぎひとつしない。すっかり寝入っているか、でなければすっかり寝入ったふりをしているのだ。どちらなのか、まりはもう気にしない。たぶん本当に眠っているのだろうとも思える。この状態になってもう長いから、私が寝室に来るまでに眠りに落ちる技術を、光一はもう身につけているのだろう、と。

いずれにしても、同じことだ。光一が起きていたからといって、このあとふたりですることもない。完全なセックスレスになったのはここ一年ほどだった。先に光一が求めなくなり、そのあとまりが求めるのをやめた。この件についてはべつに悲しくもみじめにも思っていない。求めるのをやめたらせいせいした。「やる、やらない、なぜやらないのか」で妻と夫とが寝室で言い合う——実質的には言い合いではなく、探り合いだった。まりはその間じゅう、自分と夫が「セックス」という盤を挟んで囲碁や将棋をやっているような気がしたものだった——ことのほうがよっぽど悲しくてみじめだ。

それに、まりのほうから求めていたときだって、その欲求は愛や情欲とは無関係だった。妻というより生物として、こんなに早く性交をしなくなってしまうのはまずいんじゃないかという不安からだった。その不安よりも夫に求めて拒否されるみじめさのほうが上回ったから、求めるのをやめたわけだが、それで即体の具合が悪くなったりもしなかったし、外見的に衰えたりしたわけでもなかった。そういうことはおいおい来るのかもしれないが、ならばおいおい対処法を考えればいい。マッチングアプリに登録した理由のひとつがそれだ。

朝から雨が降っている。今日から梅雨入《つゆい》りらしい。まりがそれを知っているのは、「今日から梅雨入りだってさ」と、朝食のときに光一が言ったからだ。

今朝、顔を合わせてから夫が家を出るまでの間に、彼が発した唯一の言葉がそれだったような気がする。いや、さすがにあといくつかは発したのかもしれないが、まりが覚えているのはそれだけだった。

光一は天気の話題が好きだ。たぶんそれが最も無難な、それ以上発展しようのない話題だからだろう。天気の話題を好むという点も、まりが夫をきらいなところのひとつだ。

自室で事務仕事をしていると呼び鈴が鳴った。まりはある期待をしながらドアを開けた。宅配便の配達員が抱えてきたのは、待っていた荷物だった。通販サイトで買ったワンピースだ。

仕事を放り出して、まりはすぐにそれを開けてみた。服飾品は年に数回、瑞歩と一緒にショッピングするが、それ以外に最近はネットで買うことも多くなった。今はハイブランドを揃えた海外の通販サイトにもたやすくアクセスできるし、返品可能なところを選べば、失敗を恐れることもない。とくに瑞歩と一緒ではちょっと買いづらいような服は、ネットが便利なのだった。

今回、注文したのもそういう服だった。赤い膝丈《ひざたけ》のワンピース。七分袖で、襟が深くくれていて、装飾は一切なく、かわりにストレッチが効いていて、体の線がどこもかしこもくっきり浮き出るデザイン。こんな服を瑞歩に見せたら、それがまりに必要な理由を、根掘り葉掘り聞かれるに決まっている。

寝室で試着し、クローゼットの扉の裏についている姿見でじっくりと自分の姿を検分した。サイズはぴったりだった。悪くない。公平に見て似合っている、と、まりは自己判定する。問題があるとすれば、似合いすぎていることだった。お腹《なか》に贅肉《ぜいにく》がほとんど付いていないことや脚がきれいなこと、胸はさほど大きさがあるわけではないがちゃんと上向いていることなどを、アピールしすぎのような気もする。

まりは姿勢を変え、表情を変え、カーディガンやジャケットを上に羽織ったり脱いだりし、玄関の靴箱からヒールのある靴を持ってきて履いたり、ローヒールの靴に履き替えてみたりした。このまま服を購入するかどうか――このサイトは今、返品送料無料キャンペーン中だ――こんなに悩むのはめずらしかった。悩む理由ははっきりしている。自分に正直になるならば、このワンピースは今日の星野一博とのデートのために選んだ服だからだ。ようするに、自分がどう見られるかではなく、どう見せたいか、どう見せるべきかがまだ自分の中で決まっていないのだ——容姿ではなく、意気込みの表明として。

結局、まりは意を決して服のタグを切った（これでもう返品はできない）。ハンガーに掛けてクローゼットの扉に吊《つ》るし、そのあと仕事に戻ってからも、トイレや食事で部屋を出るたびについでに寝室へ入ってワンピースを眺めた。そういう自分をまったくバカみたいだと思ったが、久しぶりで新鮮でもあった——久しぶりすぎて少々感傷的な気持ちにすらなった。そうだ、これは必要なことなのだ。まりはそう考えることにした。妻にというより生き物にとって、こういうことは必要なのだ。体にいいに決まっている。

星野一博に最初に会った日から、約二ヶ月が経っていた。

その間に二回目の料理教室に行った。ブイヤベースそのほかを習ったのはそのときだ。星野一博からは、信じられないことに、一週間前までメールがなかった。初対面の感想すら送られてこなかったのだ。自分のほうからメールをする気などまりにはさらさらなかったから、このまま終わるのだろう——私は、星野一博の琴線に触れなかったのだろう——と思っていた。その屈辱感と敗北感を忘れかけた頃に、「こんにちは！」という能天気な件名のメールが届いたのだった。

あの日の帰りに、星野一博はスマートフォンをなくしたそうだ。

どこかに落としたのか、置き忘れたのかはわからない。とにかくいまだ見つかっていないらしい。そのうえ翌日から、体調が悪くなった。腹痛と吐き気で、最初は食あたりかと思って市販の薬で様子を見ていたが、ひどくなる一方なので医者へ行ったら、盲腸だった。そのうえ盲腸にしても程度の悪い症例で、たんなる盲腸なら四、五日程度の入院で済むところが、二週間病院のベッドにいたらしい。幸いにも回復し、家に戻ることができたが、予定外の急病で休んでいた間の仕事が溜まっていて、その処理に追われていたらしい。

以上が、ずっとまりにメールをよこさなかった理由だそうだ。「絶対、嘘だって思いますよね。自分でも書いてて嘘だろって思いますもん。でも神に誓って本当なんです、信じてください！」と星野一博は一連の説明のあとに書いていた。それでまりは、「信じました(^^)」と返信した。「とうてい信じられません」などと返信すると、なんだか星野一博からのメールをイライラしながら待ち焦がれていたみたいだからだ。そのあと、何通かやりとりをした。まりとしては「私が屈辱感と敗北感にまみれていたなんてゆめゆめ気づかれないように、慇懃無礼《いんぎんぶれい》に、必要な返事だけ」を返していたつもりだったのだが、星野一博のほうは以前よりもあからさまに積極的で、なんとなく今日のデートが決まってしまった。前回とは違って、「夕食をご一緒できれば嬉《うれ》しいです！」とも星野一博は書いていた。

待ち合わせは今回は「餃子の王将」ではなく、下北沢の駅舎の階段下にした。時間は前回同様に四時半。これはまりが指定した。光一が外仕事から戻ってくる前に家を出たかったのと、星野一博と会ってみて、もしも気が乗らなかった場合に、食事を断って料理教室へ行けるようにという算段だ（星野一博からは店を予約したという話はなかったので、断っても彼以外を困らせることはないだろう）。こうした基本姿勢——少なくとも自分で基本姿勢と認識しているもの——と、体に張りつく赤いワンピースとはあきらかに矛盾していたが、そのことは考えないようにした。

雨脚はさほど強くはなかったが、うっとうしくまだシトシト降っていた。まりはワンピースに、ラバー製の白いバレエシューズを合わせた。これなら濡《ぬ》れても大丈夫だし、ヒールの靴に比べて、やる気満々には見えないという効果もある。ベージュの薄いカーディガンを小脇《こわき》に抱えたのは、料理教室へ行く場合と、夫がいる家に戻るときに羽織るためだ。

駅舎の階段を降りていくと、星野一博がすでに来ているのが見えた。左側の、芝居のポスターなどが貼られた壁のほうを向いている。こんにちは、と声をかけると、顔だけくるっとこちらに向けた。

「こんにちは！」

朗らかに挨拶してから、また壁のほうを向いて何かやっている。それからあらためて向きなおった。

「何やってたの？　あら、それって……」

星野一博の背後に貼られているのがダンヴォのポスターであることに、まりは気づいた。まず目につくのは「ダンヴォ降臨！」という金色の文字だ。来月のはじめに下北沢のライブハウスにやってくるらしい。紙面いっぱいに顔がアップになっているが、その顔は「耳《みみ》なし芳一《ほういち》」のお経みたいに、細かい文字で埋め尽くされている。よく見ると「チョー楽しみ！」とか「ダンヴォLOVE」とか「会いたい♡」とか、それらは印刷ではなくて、あとからマジックやボールペンで書き込まれたものだった。自然発生的なものなのか、それともある種の企画ものなのか、とにかくその書き込みのせいでポスターはどことなく鬼気迫るものになっていた。

「星野さんも、何か書いたの？」

「フフッ」

星野一博がまりに示した部分には小さな相合傘が描かれていた。まりは思わず星野一博の顔をしげしげと見た。傘の中には「一博」「まり」の文字がある。

「おまじないっすよ、おまじない。今日、素敵なデートになりますようにって」

まりは仕方なく笑った。どう考えていいのかよくわからない。変わったひとであることはたしかだ。今までに会ったことのないタイプだ。

星野一博は満面の笑みで、本物の相合傘を広げてまりのほうへ傾けた。


前回にも入ったカフェに、ふたりは入った。星野一博がさっさとそこを目指したのだ。彼はレモンスカッシュ、まりはアイスティー。運ばれてきた飲みものを星野一博がごくごくと呷る様を見て、そういえば彼は前回もレモンスカッシュを頼んだことをまりは思い出した。

「レモンスカッシュ、お好きなんですね」

頭に浮かんだことをそのまま口に出すと、えっ、そうでしたっけと、星野一博は慌てた様子になった。

「なんか、あんまり考えてなくて。目についたもの注文しちまって」

「そうなの？　おかしい」

「おかしいですよね。ははっ」

星野一博はさっきよりも緊張しているようだった。面と向かって、あらためて私を見たせいかもしれないとまりは思う。うわっこの女、やる気満々だぜと思われているのかも。だが、いやな感じはしなかった。星野一博がそわそわするのを楽しむように、まりはテーブルの上に身を乗り出して、胸の谷間を強調した。

そのあと星野一博から、盲腸の顚末《てんまつ》をあらためて聞いた。それこそ面と向かって、身振り手振りつきの微細にわたった話を聞くと、案外嘘ではないのかもしれない、という印象をまりは持った。ここまでの嘘を吐くひとがいるだろうか。あるいは嘘だとしても、ここまでの嘘を捻《ひね》り出したとすればその努力は評価できるのではないか。そんなふうに思うのは、赤いワンピースを着てきたせいかもしれなかったが。

星野一博がちらりと壁の時計を見た。五時十五分だった。

「出ましょうか、そろそろ」

「え？」

まりはちょっとびっくりして、思わず真顔で聞き返してしまった。今日のデートはこれまでという意味だと思ったのだ。

「五時半に予約してるんですよ、ちょっとだけ歩くんです」

「あ……そうなの？」

「いやですか？　歩くの」

「いいえ。全然」

それで、まりは星野一博と並んで歩き出した。今夜は食事まで付き合うかどうかまだ決めていなかったのに、いきおい付き合うことになってしまった。でも、それは自分への言い訳で、考える時間があったとしても、結局夕食を付き合うことに決めただろうという気もした。

「あらっ」

とまりは思わず声を上げる。向こうから歩いてくるふたり連れのひとりが、実日子先生だったからだ。連れは黒い中国服のようなものを着た、若いハンサムな男だった。

まりの声でこちらに気づいた実日子先生は、曖昧な微笑を貼りつけたまましばらくまりを見つめていた。それからようやく「こんにちは」と言った。

「今日……ですよね？　いらっしゃる？」

名前はまだ出てこないようだが、料理教室の生徒だということは思い出したらしい。

「ごめんなさい、今日はうかがえないんです」

少々バツが悪い思いで、まりは答えた。

「あら、残念」

「すみません」

なかなか動き出せなかった。たぶんお互いに、連れについて何か言及するべきかどうか迷っているせいだろうとまりは思った。

突然、中国服の男が合掌のポーズをして深々と頭を下げた。すると星野一博がすぐに反応した。まったく同じ動作をしたのだ。

まりと実日子先生は、等しく呆気《あっけ》にとられた顔で見つめあった。それから詰めていた息を吐き出すようにして笑い合い、それぞれの連れとともに、それぞれの方向へ歩き出した。

「星野さんって、面白い」

まりは本心から言った。それが褒《ほ》め言葉なのかその逆のものなのか自分でも判然としないまま。


そこはモダンな設《しつら》えの焼き鳥屋だった。

まりと同じ年頃の、夫婦らしい男女ふたりで切り盛りしている小さな店だった。日本酒とともにワインの品揃えに力を入れているらしい。

まりは星野一博と顔を寄せ合った——というのは、用意されていた席はカウンターだったから、横並びに座っていたし、メニューをふたりでじっくり吟味したからだ。

「おいしい」

グラスで頼んだランブルスコをひとくち飲んで、まりはニッコリ微笑んだ。これも間違いなく本心だった。味わいというよりは気持ちの問題だったが。最初の一杯をビール以外の泡の酒にしようということで意見が一致したのは意外で、嬉しかった。食事にこんなふうに期待が高まるのは久しぶりだ。

「いいお店ね」

「友だちに聞いたんですよ。詳しい奴《やつ》がいるんだけど、こちらの希望を伝えて、絞り込んでもらったんです」

「こちらの希望って、どんなこと？」

「いや、それは」

星野一博は頭を掻いて、突き出しの煮こごりを口に運んだ。煮こごりには鳥皮と長芋ととんぶりが寄せてある。これを食べただけで、このあとも絶対おいしいものが食べられる、ということがまりにはわかる。

「泡一杯くらいじゃ、まだ言えません」

まりはどきっとした。星野一博はこの店で並んで座ってから、打って変わって落ち着いたように感じられる。私の胸を真正面から見ないで済むからだろうか。いや、それはともかくとして、すぐに頭を掻く癖も、今はほとんど気にならない。それどころかちょっと可愛《かわい》らしく見える。そうして、「泡一杯くらいじゃ、まだ言えません」という小生意気な科白とのギャップに、私はちょっとときめいている。いや——。

まりはその気持ちを認めることにした。

私はこの男にほんの少し欲情している。

4

かつお出汁《だし》を煮立てた鍋《なべ》の中に、実日子《みかこ》はトマトをひとつ、そっと入れた。浅く切り目を入れた皮が、すぐにめくれてくる。網じゃくしで引き上げ、冷水に浸して皮をむく。次のひとつを出汁の中に入れる。トマトは全部で六つ。いっぺんに鍋の中に入れないのは、出汁の温度を下げないためだ。ひとつずつ入れたほうがトマトがきれいに仕上がるし、時間的にも結局は早い。

最後のひとつを入れようとしたとき、スタジオ入口の戸が開く音がした。ずいぶん早いが、ゆかりだろうと思いながら作業を続けていると、「こんにちはー」「すみませーん」という女性の声が聞こえてきて、実日子はガスの火を止めた。

戸口に立っていたのはまだ十代のようにも見える女の子ふたりだった。カラフルな柄のワンピース、ダメージデニムにピースマークのTシャツにカンカン帽。「下北沢っぽい」出《い》で立《た》ちのふたり。

「あの、お隣の本屋さんって、どうなっちゃったんですか？」

それが、ふたりが実日子の料理教室のドアを開けた用件だった。俊生《としお》の店はすでにすべての本が運び出されていて、シャッターを下ろしたままになっている。

「やめちゃったみたいよ、お店」

実日子の答えはそういうものになった。えーっと女の子たちは顔を見合わせて悲痛な声を上げる。雑誌に紹介されていたのを見て遠くから来たのだというようなことを口々に説明した。俊生は店のホームページも作っていなかったし、ブログを公開するといったことにも無関心だった。下北沢のタウン情報などのサイトには所在地が載っているのが、たぶん――実日子が連絡していないせいで――そのままになっているのだろう。

「移転とかですか？」

「さあ……ごめんなさい、私にはわからないの」

「潰《つぶ》れちゃったのかな。夜逃げかな」

「九州のひとだって言ってたから、そっちに帰ったのかもしれないわね」

わかりました。ありがとうございます。ぺこん、ぺこんと礼儀正しく頭を下げて、女の子たちは残念そうに立ち去っていった。料理教室とブックカフェは一続きの建物で、だから実日子のところへ訊《たず》ねに来たのだろうけれど、店子《たなこ》はそれぞれ独立しているのだと理解しただろう。何もわからないと言う女がじつはブックカフェ店主の妻であるとは、夢にも思わなかっただろう。あの娘たちの中では、俊生は九州のどこかで細々と小さな本屋を続けていることになるのかもしれない。

九州は俊生ではなく、彼の両親が生まれ育った土地だった。佐世保《させぼ》の山の中腹にある家は今はもうないけれど、取り壊される前の空き家を一度だけ俊生と一緒に訪れたことがあった。海と街並みが望める広い縁側付きの木造の平屋を頭の中によみがえらせて、実日子はまずその家の中に本棚を並べてみる。この前俊生の同業者に運び出してもらった本がぎっしり詰まった本棚だ。それから黒くペイントした木製の椅子《いす》。そこに俊生は座っている。今の季節なら洗い晒《ざら》して色の褪《あ》せた青い長袖《ながそで》のTシャツと、チノパンツという格好だろう。Tシャツの袖は肘《ひじ》まで捲《まく》り上げている。熱中して本を読んでいる。たぶん翻訳小説で、間違いなく、とうぶん客が来なければいいなと思いながら。その光景はあまりにも鮮明で、現実みたいに思えた。そう思っていけない理由があるだろうか。そうだ、夫は今、九州のあの家にいるのだ。そして私が訪れるのを待っている……。

キッチンへ戻る途中、仕切りのガラス戸に掛けたカーテンの隙間《すきま》から、がらんとしたブックカフェの中にぽつんと黒いものがあるのが見えた。それがペイントの椅子であることには気づかなかったふりをして、実日子は通り過ぎた。しばらくしてからまた入口のほうで音がした。同時に実日子は、さっきキッチンに戻ってから、自分が何の作業もせずぼんやりしていたことに気がついた。

「これ、置いてくれませんか」

立っていたのは勇介《ゆうすけ》だった。彼の出張鍼灸《しんきゅう》を宣伝するチラシの束を手にしている。

「そろそろこの辺りの名物になったんじゃない？」

彼が今日も黒いカンフースーツを着ているのを見て、実日子は言った。

「名物になるまでにはまだ遠いから、こうやって宣伝してるんですよ」

そう言いながら勇介は実日子の顔をじっと見た。そんなふうに無遠慮に見つめられると、まるで自分が泣いているみたいな気分になった。

「何？」

苦笑しながら、そう聞いてみる。

「凝ってますよね」

「顔でわかるの？」

「わかるんですよ、僕には」

勇介は大真面目《おおまじめ》な顔で言い、実日子はどう反応していいかわからなくなった。笑うべきだろうか――それとも、不躾《ぶしつけ》だと怒るべき？

「これから鍼《はり》をお願いするのは無理だけど、お茶でもいかが？　もうすぐお姉さんも来るわよ」

結局、そう言った。

「姉が来るなら、その前に僕は逃げないと」

ちょうどそこにゆかりがあらわれた。あんた、また来てるの？　呆《あき》れ声を浴びせられ、「ほらね」という顔を実日子にだけ見せて、勇介は立ち去っていった。

「いつからいたんですか？　あいつ」

「ついさっきよ。チラシを置いてほしいって」

ゆかりとともにキッチンへ戻り、急いでコンロの火を点《つ》けながら実日子は言った。鍋の中の出汁は冷めかけている。

「よく来るんですか？　まさか実日子先生のお宅まで用もないのに押しかけたりしてませんよね？」

作業台に置いたトートバッグから、ゆかりの手がクレーンみたいに食材を摑《つか》んで、取り出していく。茄子《なす》、豚のヒレ肉、蛸《たこ》の足。蛸は生で、魚屋に注文しておいたものだ。

「ちょうどいいわね、その足」

「ですよね」

出汁が沸いた。実日子は最後のトマトをその中に入れた。皮がなかなかめくれない。いや、もうめくれている。トマトを見つめていたのに、実質的には何か違うものを見ていた。実日子は急いでトマトを引き上げた。

「あいつ、実日子先生に憧《あこが》れてるんですよ」

「そうかしら」

「絶対そうです」

実日子は出汁に醬油《しょうゆ》と酒で味をつけた。湯むきしたトマトはこの中に入れて冷やしておく。熱湯ではなく出汁を湯むきに使うことで、出汁の中にトマトの風味が多少移っておいしくなると実日子は考えている。ゆかりのほうは蛸の足に塩をして、揉《も》みはじめた。あいかわらず惚《ほ》れ惚《ぼ》れするほど力強い指の動きだ。

「ブックカフェはもうやってないって、どこかに告知しなくちゃね」

トマトを冷蔵庫に入れながら、実日子は言った。それは唐突な発言に違いなく、ゆかりは「え？」と眉《まゆ》を寄せた。

「さっきね……ブックカフェを訪ねてきた娘たちがいたの」

「あ、そうなんですね」

ゆかりは蛸を揉み続ける。さっきよりも力がこもっているようで、私があの蛸じゃないのは幸いだ、と実日子はちらりと思う。自分はヒレ肉を取り出し、端から薄く切っていく。

「弟さんには、どう説明してる？　ブックカフェのこと」

「え？　あー、実日子先生の関係者だとは思ってないんじゃないかな」

「私のプロフィールはどう話してあるの？」

ゆかりは蛸を揉む手を止めて、実日子を見た。さっき同じようにした勇介の顔によく似ていると実日子は思いながら、「ほら、話が食い違うと困るじゃない」と付け足した。切った肉をラップに挟む。その上から麺棒《めんぼう》で叩《たた》いて、さらに薄くするつもりだ。生徒たちの前で実演するぶんを取り分けておく。

「実日子さんは結婚してるのかと聞かれたから、今はしてないって答えたんですけど。それ以上は聞かれなかったから、言ってません」

「バツイチだと思ったのかしら」

「たぶん。……まずかったかなあ」

「いいえ、全然。ありがとう。夫のことはひみつにしてなんて、ヘンなお願いしちゃったから、ゆかりちゃんが困ってるんじゃないかと思っただけなの」

「いえいえいえ」

実日子は肉を叩きはじめた。きれいに薄く、広くなるように、力を加減する。そうしながら、自分がやっぱり何か肉じゃないものを見下ろしているような感覚がある。

「離婚ね、そうね」

再びこちらの顔を見たゆかりの表情で、実日子は自分が声を出して呟《つぶや》いてしまったことに気がついた。

トマトの出汁びたし

茄子みそ
豚肉のパリパリ揚げ
たこ飯

それが今夜のレッスンのメニューだった。生徒は四名、今回は伊東瑞歩《いとうみずほ》とともに、能海《のうみ》まりも来ていた。以前、勇介と歩いているときに、やっぱり男性と一緒の彼女にバッタリ出会って、そのときのふたりの様子からしてどう見ても夫婦には見えなかったから、このレッスンに来たり来なかったりというのはそういうわけなのか、と推測したりもしていたのだった。そういえば初回の試食会のとき、ご主人との仲は良好なのかと訊ねたら、やけにきっぱりした口調で「悪いです」と答えたことなども思い出された。あの質問は、今考えればやはり唐突だったに違いないけれど。あのときは俊生を失う以前の自分に早く戻ろうとしていて空回りしていた。そんなふうに思い返せるということは、私は少しは前進しているということなのかしら、とも実日子は思う。

その能海まりはレッスン中、質問をするでもメモをとるでも、実日子の作業のキモの部分を動画に撮るでも——最近はそうやってレッスンを記録する生徒が多い——なく、配膳《はいぜん》のときでも積極的に動こうとはしなかった。といってレッスンを楽しんでいないというふうでもなくて、ただなんだか講師がもうひとりいるみたいに、教室内を睥睨《へいげい》していた。

「それじゃあ、いただきましょうか」

エプロンを外して、実日子は白ワインのグラスを掲げてみせる。試食がはじまる。

トマトの出汁びたしに感嘆の声がいくつも上がる。「コスパがいい」という言いかたが常連の生徒の間では流行《はや》り言葉になっていて、それはつまり「手間がかからないのにおいしい」という意味だ。たこ飯はそれで絶賛される。茄子は甘めの、こってりした味つけが好評で、揚げものはやはり自分で作ってみるにはハードルが高いようだ。実日子は生徒たちの反応を見ながらいくつかのメモを心の中に書き留める。料理の感想が出揃《でそろ》ったところで、雑談という流れになる。

「何かニュースがあるひとはいますか?」

その言葉を、実日子は無意識のうちにほとんど能海まりに向かって発していたのだが、まりは素知らぬ顔をしていて、かわりに真行寺《しんぎょうじ》さんという常連の、二十代後半の女性が「はいっ」と手を挙げた。

「悪いニュースでもいいですか?」

「どうぞ」

「結局まだ別れてません!」

「あら、まあ」

事情を知っている数人が笑い声を上げた。真行寺さんはこの時間に積極的に発言するひとで、その内容のすべてが同棲《どうせい》している相手への愚痴で構成されている。彼女の言うことが全部本当だとすれば、その相手というのがケチで人間が小さくて男尊女卑で偏食で、その上女癖が悪いという「史上最低の男」で、それを証明するエピソードが前回もひとつ——たしか嘘《うそ》を吐《つ》いて真行寺さんに出させたお金で、ほかの女への贈りものを買ったとか、そんな話だった——披露されていて、今度ばかりは絶対に別れる、と息巻いていたのだった。

「許してあげたの？」

実日子が言うと、

「許せないから、まだ別れてないんです」

と真行寺さんはどこか得意げに言った。

「別れたらそれきりじゃないですか。まだ責め足りないんですよ。毎日ネチネチ責めたいんですよ」

「げーっ、なんという無駄な時間の使いかた」

伊東瑞歩がずけずけと言うと、

「それって結局、その彼のことが好きだからですよね？」

と、能海まりがいきなり言い放った。瑞歩も含めて、みんなちょっとぎょっとして、まりを注視した。

「いや、全然好きじゃないですよ、自分の意地の問題なんですよ」

真行寺さんがやや臆《おく》したように抗弁する。好きなのよ。能海まりはぴしゃりと言った。

「私にはわかるの。なぜかと言うと、私は夫のことが全然好きじゃないから」

「えっ、でも……」

「それに、その彼もきっとまだあなたのことが好きなんですよね。それがわかってるから、あなたは別れる気にならないんでしょう」

真行寺さんは苦笑しながら、実日子のほうを窺《うかが》った。能海まりが結婚生活を続けているという事実からすれば、彼女の言うことは矛盾している。だが今、それを指摘する気にはならない。

「とりあえず、そういうことにしておいたら？」

と実日子はまとめた。

「そうそう。そっちのほうがハッピーでしょう？」

能海まりは、そうすることにようやく気がついたというふうに、とってつけたような微笑を浮かべた。


日傘はあかるい緑色だった。

水彩絵の具を溶かしたように、ところどころに濃淡がある。実日子はそれを差して、はじめて訪れる町を歩いていった。

この日傘は去年、ネットサーフィンをしているときに、偶然見つけた小さなネットショップで買った。注文したときには俊生は元気で、傘が届いたのは亡くなったあとだった。告別式を終えて家に戻ってきたら、ポストに宅配便の不在通知が入っていた。再配達の手続きはたぶんゆかりがしてくれたのだろう。届いた箱を開けることはしたが、ああ、傘を買ったんだったとぼんやり思っただけで、一年間日傘はずっと玄関の物入れの隅に置きっぱなしになっていた。

今日はこの町にあるスタジオで、雑誌の料理ページの撮影がある。親しい器コーディネーターとのコラボレーション企画なので、楽しみな仕事だった。日傘のまるい影がありがたかった。タクシーに乗るほどの距離ではなかったが、炎天下を歩くには遠かった。地図をスマートフォンのアプリに入れてきていたが、住宅街の中をあちこちくねる細い道はひどくわかりづらかった。

すぐ前の角から女性がひょいと出てきて、実日子の前を歩いていった。顔ははっきり見えなかったが、年恰好《としかっこう》や出で立ちから、知っているひとだと実日子は思った。たぶんあれは編集者だ、この仕事の直接の担当ではないけれど、同じ出版社のひとだ。きっと彼女もスタジオの撮影に立ち会うのだろう、彼女の後ろをついていけばいい。

実日子はそうした。まったくの人違いである可能性が三十パーセントくらいあったから、呼び止めることはしなかった。日傘の下で女性の背中だけをじっと追っていると、彼女を見失ったら最後、目的地には決して辿《たど》りつけないような気がして、同時にこのままとんでもない世界の果てに連れていかれるような感じもした。この世に今、自分と彼女だけしか存在しないような感覚があった。

いや——それは記憶だった。俊生とはじめて会ったときの記憶。炎天ではなかった。蒸し暑い曇天。ある銅版画家の個展が開催されている、辺鄙《へんぴ》な街の小さなギャラリーに向かっていた。やっぱり道に迷っていた。五十メートルくらい向こうに男の背中が見えて、きっとあのひともギャラリーへ行くのだろう、彼の後をついていこう、と思ったのだった。その男の行き先がギャラリーであると、あのときはなぜか百パーセント確信していた。辺りには誰《だれ》もいなくて、町並みは曇天にとろりと覆われていて、その男は実日子の道案内をするために何か超自然的な力で遣わされた者であるように思われたのだ。その話を俊生にするたびに、はいはい、わかったわかった、と茶化されたものだけれど。

男は四つ角で立ち止まると、地図らしき紙を広げて見入った。実日子は彼に追いついてしまわないようになるべくゆっくり歩いていたのだが、この道でよかったのかというふうに彼が振り返ったから、見つかってしまった。そのとき俊生も、その女がただの通行人ではなくて、自分を追ってきたのだということがなぜかはっきりわかったのだそうだ。運命の出会いという言葉は笑いながらでしか使ったことがない。お互いがお互いにとってこれほど必要になるふたりならば、どんな出会いかたをしたってそれは運命に間違いない。背中を追いかけているとき彼はずいぶん年下のように見えていて、学生だろうと実日子は思っていた——そのとき実日子は二十六歳だった——が、向き合うとかなり年上のようだった。これから行く個展を意地悪く批評するつもりの評論家かしら、というのが実日子の第一印象だった。

今、前を行く女性は小路の突き当たりの洋館の中に入っていった。古い建物をリノベーションしたスタジオだと聞いていた。少し遅れて実日子も入ったけれど、中はしんと静まり返っていて、女性の姿もない。靴を脱いで上がるようになっていたが、広い玄関の先は閉じた扉で塞《ふさ》がれていて、スタジオは二階にあるようだった。それにしても静かだった。通常なら誰かが出迎えに立っているか、そうでなくても準備の気配や人声は聞こえてくるはずだ。不審に思いながらも実日子はスリッパに履き替えて玄関脇《わき》の階段を上っていった。

階段の先のドアも閉まっていた。それを開けると突然歓声と拍手に包まれた。器コーディネーターや今日の仕事にかかわっているスタッフ、ゆかりのほかにも、いくつかの見知った顔がある。テーブルの上の大きな花籠《はなかご》は、撮影用ではなくて実日子個人のために用意されたものであるようだった。壁に「おめでとう実日子先生　The Best Of Cookbook 受賞！」と記した紙がリボンや紙の花で賑々《にぎにぎ》しく飾られて貼ってある。おめでとうございます！　おめでとう！　コングラッチュレーション！　状況がさっぱり飲み込めずぼんやりしている実日子に、みんなが口々に言った。

実日子が最初に出したレシピの本が、一昨年翻訳されてアメリカで出版された。それが彼《か》の国で毎年選出される、The Best Of Cookbook の、翻訳部門の第一位を獲得した、ということだった。その報《しら》せを昨夜、担当編集者が受け取って、彼女は今日の仕事にもかかわりのあるひとだったから、サプライズを計画してくれたのだった。

「ありがとう。びっくりしたわ。ありがとう、ほんとに」

実日子がようやく言葉を発すると、みんなは安心したように、あらためて拍手して、笑って、お祝いの言葉を述べた。実日子はひとりひとりと握手して、場合によってはハグをした。みんな、実日子の手をぎゅっと握り、強く抱いた——実日子が慌てて、それに見合う力をあらためて込めるほどに。

「園田《そのだ》さん、来てますよ、ここに」

何人目かのハグの相手がそう言った。周囲がハッとする気配を実日子は感じた。関係者が「園田さん」と言うときは、俊生のことだ。

「そうね、きっとニヤニヤしてるわね」

だから実日子は笑って、そう答えた。

「ニヤニヤじゃなくてニコニコでしょう」

べつの誰かが言った。

「彼が何か手を回してくれたのかもしれないわね」

実日子は言った。そんなふうな科白《せりふ》が期待されているように思えたからだ。みんなはまた、ホッとしたように笑った。

「受賞は、もちろん実日子先生の実力ですけど、園田さんのことだから、選考委員の枕元《まくらもと》に立つくらいはしたかもしれませんね」

「ありえる、ありえる」

「園田さんがここにいたら、めちゃくちゃ喜んだでしょうね」

「喜びすぎて、仏頂面になってるね、彼は」

「挙動不審になってますよね。いつかだって……」

園田俊生の話をしていいものかどうか、みんな迷っていたのだろう、と実日子は思った。今、それは許可された。私が許可したのだろう。

だから実日子は許可し続けた——つまり笑って、彼ないし彼女が、彼らが発した言葉について後悔しないような返答をした。ゆかりが気遣わしげに、ちらちら窺っているのがわかったから、手を振って「ゆかりちゃんも、ありがとう」と呼びかけた。


撮影は予定通り行われ、そのあと、撮影のために作った料理をみんなで食べながら、シャンパンやワインも開けられ、あらためてささやかなお祝いの宴《うたげ》となった。

二次会にも誘われたが実日子は辞退して帰路についた。二次会に行くひとのほうが少なかったし、普段から実日子は一次会だけで帰ることのほうが多かったから、不審には思われなかっただろう。もっともその普段というのは、俊生がいたときの普段で、たいていは家に帰ってからふたりきりで飲むためだった。

実日子はもともと、料理家を志していたわけではなかった。俊生と出会ったときには、詩集や画集を専門にする小さな出版社に勤めていた。俊生と結婚し、ブックカフェのイベントのときなどにときどき料理を作るようになり、それが評判になって料理の仕事をするようになった。

受賞したレシピブックは、実日子が自分の名前で出したはじめての本だった。俊生がいなければたぶん出せなかった。本の企画が舞い込んできたときには、料理の仕事は着々と増えてきてはいたけれど、まだ会社を辞めていなかったし、料理家としてやっていける自信もたしかにはなかった。俊生が後押ししてくれたのだ。結果的には、その本がかなりの評判になったことで、料理家になる決心がついたのだった。

本が出たときには版元がお祝いの会を開いてくれて、俊生も一緒に出席した。あのときはふたりで三次会まで付き合って、へべれけで家に戻ってきて、さらにふたりで、朝になるまでワインを飲んだ。翻訳本が出るという話――何年も前から話だけは出ていたのが、とうとう実現するというニュース――は、仕事で訪れていた出版社で聞かされたから、俊生には実日子の口から伝えた。出版社からの帰り道、電車を降りて今歩いているこの道を歩きながら、俊生の喜ぶ顔や、きっと彼が言うだろう言葉を思い浮かべていた。

家の前に着いたのは、午後九時を少し過ぎたところだった。家の中は真っ暗だった。独り暮らしの人間が、昼間に出かけて夜に帰ってきたのだから、それは当たり前のことだ、と実日子は思った。俊生の死後、真っ暗な家に帰ることはこれまでにも幾度かあって、もう慣れたと思っていた。どこか一箇所、電灯を点けておくというようなこともしなかった――そんな習慣を作ることは、なんだか敗北のような気がしたのだ。でも今夜、家は、夜の闇《やみ》の中にこれまでになく黒々と沈み込んでいた。まるで家の中に黒い水が溜《た》まっているみたいだった。

なぜなら、俊生がいないからだ。その事実が今更、まるで彼が死んだのが昨日のことだったたかのように、実日子に覆いかぶさってきた。嬉しいニュースを伝えるひとが私にはもういない。灯《あか》りのついた家のドアを開けて、ねえ聞いて！　と話しかけることができない。あの真っ暗な家の中には誰もいない。ドアを開けたら、私は黒い水に攫《さら》われて溺《おぼ》れてしまうだろう。

実日子は踵《きびす》を返した。

下北沢のほうへ向かったのは、あかるい場所へ行きたかったからだった。

街にはまだひとも音も溢《あふ》れていた。どうしたらいいのか、どうしたいのかわからなかったが、とにかくここにいるほうが、あの家の中にいるよりはマシに思えた。自分の料理教室がある方向は避けて歩いた。俊生に関係する何もかもから離れたかった。それは奇妙なことだった——頭の中は俊生でいっぱいなのに。結婚したばかりの頃《ころ》、ささいな諍《いさか》いをして、ひとりで家を飛び出したときと少し似ていた。あのときは喫茶店の閉店時間が来て追い出されて、一時間もしないうちにスゴスゴと家へ——すべての窓が灯りで輝いている家へ——戻ったものだけれど。

その喫茶店はとうになくなっていて、その辺り一帯が、広々としたカフェ・ダイナーになっていた。大きく取った窓から見える白い壁の店内の、まるで昼間みたいなあかるさに誘われて、実日子は自動ドアを開けた。壁や通りのほうを向いて座るかたちにぐるりと設《しつら》えられているカウンターのほかに、店中央には十数人で共有できる大きな楕円形《だえんけい》のテーブルがある。奥の壁にプロジェクターの画像が投映されていて、無音だが、見覚えのある男が歌っている。たしかダンヴォとかいう、最近売り出し中の歌手だ。その壁と向かい合う席に座っていた女性が、くるりと振り返った。

「実日子せんせーい」

能海まりだった。実日子は一瞬、迷ってから、まりのほうへ近づいた。

「おひとりですか?」

先に聞かれて、「はい」と実日子は頷《うなず》く。するとまりが自分の隣の椅子を引いたので、そこに座るしかなくなってしまった。

「能海さんは、待ち合わせ?」

「いえいえいえ」

何がおかしいのか能海まりはケラケラと笑った。どうやら酔っぱらっているらしい。テーブルの上には赤ワインのデキャンタがあるが、それ以前にかなり飲んでいるのだろうと実日子は推測した。

「実日子先生は?」

「私は……ひとりで軽く飲みたくて」

やってきたウェイターに、実日子は白ワインを頼んだ。私ももう一杯。すかさず能海まりが言う。おかしな成り行きになってしまった。

「どこかで飲んだ帰り?」

運ばれてきたふたつのグラスを合わせて乾杯すると、実日子は聞いた。いいえ。妙にきっぱりと能海まりは否定する。

「今日はご主人は？」

「いません」

「出張か何か？　それで羽を伸ばしてるの？」

「いいえ。家にいます」

能海まりはまたケラケラと笑った。酔っぱらいっていいものだわねと実日子は心中で苦笑する。俊生の死を知らないひとといるときと同じくらい気楽だ。

「いるけど、いつもいないんです」

そう言うと能海まりはグラスの半分ほどを一気に飲み干してしまった。

「私もよ。私もそんな感じ」

実日子がそう言うと、能海まりは一瞬、はっとした様子になった。実日子の事情を今更思い出したのかもしれない。

「ご主人のこと、全然好きじゃないっておっしゃってたわよね。なのになぜ別れないの？」

レッスンのときに聞けなかったことを実日子は聞いた。今ならいいだろう。

「そこが問題なんですよ。いないひととどうやったら別れられるのかわかんなくて」

「それ、真行寺さんと同じようなものじゃない？」

実日子が率直な意見を述べると、まりはワインの残りを呷《あお》って反論の構えを見せたが、ふっと考えを変えたようだった。

「どっちがかわいそうなのかな。先生と私」

「どっちかしらね」

実日子は自分も白ワインを飲み干した。もう帰ろうと決心しながら、そんなの私に決まっている、と思っていた。

5

カーラジオから流れてくる曲はダンヴォォだ。

好きな歌というわけではないが、あちこちでよく耳にするから覚えてしまった。まりは我知らずハミングした。案外いい曲かもしれない、と思う。

——と、光一《こういち》がラジオのチューニングを変えた。あちこちさまよい、クラシック音楽が聞こえてきたところで合わせた。クラシックにはまりはまったく興味がない。光一だって似たようなもののはずだ。

「なんで？」

単純な疑問としてそう聞くと、

「さっきのうるさいやつ、きらいなんだ」

と光一は答えた。その口調はまり同様に、事実を答えた、というふうだ。さっき私がハミングしていたことには気づかなかったのだろうか。気づいていたが関係ない、ということだろうか。もちろんまりは、それ以上は聞かなかった。どちらにしても同じ——私のことはどうでもいい、ということだろう。それなら実家の墓参りも、ひとりで行けばいいのに。

渋滞を避けて、世間的なお盆休みより一日早く日程を組んだ。高速道路の車は流れてはいるが、すいすい走れるというわけでもなく、まりはこのうんざりする助手席に、何年も座り続けているような気がしている。

小淵沢《こぶちさわ》のインターを降りると、車はいつもとは逆方向へ向かった。どこへ行くの？　と聞くと、ちょっと買いもの、という答えがある。こういうときまりには、いやな予感しかしない。

「何を買うの？」

「土産《みやげ》」

「お土産なら買ってあるわよ。見せたじゃない」

「いや、なんかさ……足りないと思って」

「足りない？」

まりが今年用意したのは、有名なパティスリーのチョコレートと焼き菓子の詰め合わせだった。デパートのオンラインショップで取り寄せた。下北沢でもおいしいお菓子は買えるけれど、世界的に有名なメーカーのほうが無難だろうと思って毎年そうしている。

「足りないって、量の問題？」

義両親と義弟夫婦と甥《おい》と姪《めい》、それに自分たち夫婦が集まるわけだから、いちばん大きな詰め合わせのセットでも足りないといえば足りないのかもしれないが、そんなにガツガツ食べるようなものでもないだろう。

「量っていうかさ……ちょっと気取ってるだろう、あれ」

車が大きくガタンと揺れる。この辺りの道は国道でも舗装があちこち綻《ほころ》びていて、ギャップだらけだ。

「気取ってる？　デパートから取り寄せたことを言ってるの？　せっかくのお土産なんだから、普段買わないようなもののほうがいいでしょう？」

「それだよ。その、こういうの普段買わないでしょ？　ってところが、上から目線っぽいっていうか。言わなくてもなんかわかっちゃうっていうか。それに実際のところ、ああいうのたいして旨《うま》いと思わないんだよ、うちの父親と母親は。田舎者だから」

「……それで、家の近所のスーパーでお土産を買い直すわけ？」

「買い直すっていうか、買い足そうかなって」

車はそのスーパーの駐車場へ入っていくところだった。すぐ戻るから、君は車にいていいよ。光一はそう言い残して降車し、小走りにスーパーへ向かった。もちろんそんなくだらない買いものに付き合ったりしないわよ。まりは心の中で言う。光一がいつもよりいくらか低姿勢なのは、これから実家で一泊二日を過ごすのに、妻に不機嫌になられたら困るからだろう。

十分もしないうちに、光一は大きなレジ袋をふたつ提げて戻ってきた。バックシートに彼がそれを置くときに、和菓子や饅頭《まんじゅう》が入っているパックが見えた。実家の近所のスーパーで売っている安っぽい菓子を片っ端から買うほうが、土産としてふさわしいというわけか。光一の実家なのだし、そうしたいならそれでいい。

「今買ってきたお菓子、私が選んだって言わないでちょうだいね」

まりはそれだけ夫に言った。上から目線と思われてもかまわなかったが、この種のものを土産にする女だと思われるのは耐え難かった。わかってるよ。光一は仏頂面で頷き、車を発進させた。

濃い緑が両脇から車に覆いかぶさってくる。山道を上がって下がって、また上がる。この道を通ると、まりはいつも車酔いしてしまう。きっと精神的なものもあるのだろう。思い出したように光一が窓を開け、エアコンを利かせている車内よりも気持ちのいい風が入ってきたが、そのときにはもうほとんど家の前だった。

まりの実家は都内にあって、帰ろうと思えばいつでも帰れる。だからといって頻繁に帰っているわけではないのだが、お盆や年末年始の帰省は、光一の実家へ行くことが優先される。いつの間にか夫婦間でそういうルールができてしまったことには納得がいかないが、夫と一緒に自分の実家に帰る機会を増やしたいとも思わない（実際のところ、ここ数年、まりが自分の実家に戻るときにはほとんどひとりだ）。

田舎ならではの広々とした敷地に、光一の実家はぼんやりと建っている。これも田舎の家らしく意味もなく大きな、なんの特徴もない二階屋だ。子供が画用紙にクレヨンで描《か》く家の絵を、まりはいつも思い浮かべる。家の中はいちおう片付いているのに、ごちゃごちゃした印象を受ける。収納家具が多すぎるせいだ。部屋の隅々が細かくて貧乏くさい工夫で埋めつくされている。鴨居《かもい》にハンガー掛けが取り付けてあったり、ペットボトルを半分にして切り口をマスキングテープで覆いつつ色分けしたものに日用雑貨が整理されていたり、歯磨きペーストやハンドクリームのチューブが使った分だけきっちり巻き取られ輪ゴムで固定されていたり。

まりはこの家の中を見るたびに、げんなりする。でもそれは家のせいというより、この家で光一が育ったのだ、と思うせいかもしれない。以前はそうでもなかった。この家で光一が育ったのだ、と、最初に訪れたときにも思ったが、そのときにはむしろわくわくするような、いっそ感動に近い感情があった。

「遠いところをご苦労様ね。道混んでた？」

十畳の仏間で向かい合うと、毎年言う科白を今年も義母が言う。その横には義父。ボブというよりオカッパといったほうがぴったりの髪を真っ黒に染めた痩《や》せぎすの義母の顔立ちは光一によく似ていて、ぶやんと小太りの義父は表情とか動きとかが光一っぽい。ふたりとも小学校の教師だったが、もう引退している。今は読み聞かせとか生涯学習センターの手伝いとか、ボランティア的な活動をしているようだ。

「混んでたけど、明日はもっとひどいよ」

光一がこれも例年同じ答えを返して、「これ、土産」と、箱とレジ袋とを母親に渡す。あらあら、たくさんにありがとう。義母はまず、まりが用意したお菓子の箱を自分の前に置き、その上に光一のレジ袋を置いて、中を覗《のぞ》き込む。

「Ｐマートで買ってきたの？」

「うん」

「わざわざ寄ってくれたのねえ、ありがとね」

義母はレジ袋の中から団子のパックと和菓子のパックをひとつずつ出して、仏壇に供えた。まりが買った土産を今開けてみる気はないらしい。結局のところ、光一の言う通りなのかもしれない。

光一が仏壇に向かって座る。まりもその横に向き直った。ふたりで手を合わせる。まりの家にはそもそも仏壇がないから、こんなふうに家に帰るたびに手を合わせる習慣もなかった。でも、まりは目を閉じ、光一の死んだ祖父母やそのまた昔のご先祖様に向かって真剣に呼びかける。

「なるべく早く帰らせてください」と。

「団子も出してくれ」

お茶を運んできた義母に、それまで黙っていた義父が発した一言がそれだった。

義母にも義父にも、以前は今ほどげんなりはしていなかった。大好きとまでは言えなかったが、きらいではなかった。好きになる努力もしてきた。ふたりとも教師——光一と結婚したときにはまだ共に現役だった——であるということに、会う前は緊張していたけれど、思ったよりも堅苦しくなかったし、感じも悪くなかった。まりが幼い頃から教師という人種に感じとっていた尊大さや選民意識を、まったく感じなかった、というわけではなかったけれど。

とにかく彼らは、光一の親だった。彼らがいなければ、光一はこの世に存在しなかった。以前のまりには、そのことが重要だった。本当にそのことに感謝していたのだ——今となっては驚くべき、信じられない心理だけれど。

以前、まりは光一のことが好きだった。なんなら「愛していた」と言ってもいい。出会ったとき、まりには恋人がいた。女にだらしがなくていいかげんな、一般的に言って「悪い男」だったのだが、まり自身も自分のことを「善き女」だとは思っていなかったから（もちろん、今も思っていない）、それなりに相性は良かったし、退屈しない関係ではあった。

ただその頃、そういう関係に少し疲れていたことはたしかだった。ふらふらと楽しいことだけを選んで生きる人生から、もうちょっとたしかな、先を見据えた人生へ方向転換しようと考えはじめていて、不動産鑑定士の専門学校へ通うことにしたのもそのためだった。そこで光一と出会った。光一は善き男であり（今でも一般的な意味では、少なくとも「悪い男」ではない）、退屈な男でもあったのだけれど、当時の光一はまりのことを熱烈に求めていた。情熱的だったのだ。まりはそこにほだされてしまった。情熱に飢えていたのかもしれないけれど、光一の情熱が、期間限定の着ぐるみみたいなものであることに思い及ばなかった。

着ぐるみだと気がついたのはいつだったのだろう？　あるいは光一が着ぐるみを脱いだのはいつだったのだろう？　いずれにしてもそれが失われてからしばらくの間は、情熱の残照みたいなもの、着ぐるみの記憶みたいなものがあった。つまらない男ねと胸の内で吐き捨てるようになる前には、恋から愛に変わるというのはこういうことなのだと、これが安定というものなのだと思おうとしていた時期もあった。

光一のことがきらいになったのはいつからだろう？

そのことをまりはしばしば考えるのだが、考えるたびに不思議になる。こんなにきらいできらいで吐き気がするほどなのに、決定的な何かが起きたという記憶がない。とても好きだった、好きだった、まだ好きであるかもしれないと思っていた、悪いひとではないと考えていた、違和感のほうが大きくなった、あまり考えたくなくなった、げんなりしてきた、うんざりしてきた、きらいになった、だいきらいになった。こうした段階はたしかにあって、けれどもそれが自分の十一年間の結婚生活とどんなふうに重なってきたのか、どうもよくわからない。

たとえばある出来事を思い出す。季節はいつだったろう。沈丁花《じんちょうげ》の匂《にお》い。春だ。休日の昼間で、はじめて入るイタリアンレストランにいた。自宅から車で十数分ほどの距離にある店で、情報誌に掲載されているのをまりが見つけて、出かけてきたのだった。光一は最初からあまり気乗りしない様子だった。結婚してからは食事のためにわざわざ出かけるのを渋るようになっていたし、個人経営のレストランより気安いファミレスのほうを好む男であるということもその頃にはわかっていた。でも、まりがねだれば「いいね」とあの頃の光一は答えていた。

店は混んでいた。情報誌効果だろう。そしてホールスタッフの若い女の子ふたりはあきらかに不慣れで、右往左往していた。まりと光一が頼んだランチセットは最初にサラダが運ばれてきたきり、一時間近く経っても次の皿が出てこなかった。光一はこれ見よがしのため息を吐き、まりが「出ましょうか」と言い、すると光一は、ちょうどそのとき傍《そば》を通りかかった女の子を「ちょっと」と呼び止めた。どうなってんの？　いくらなんでも遅すぎない？　まだ子供みたいにも見える相手を怒鳴りつけたのだ。居丈高な口調、歪《ゆが》んだ顔。自分よりあきらかに弱いものに向かってうっぷんをぶつける器の小ささ。決定的な出来事というならこれだろうか。でもあのときは、そんな彼の態度に対してまりが猛烈に怒ったら、光一は「そうだな、悪かった」と謝ったのだし、その素直さにちょっと安心もしたのではなかったか。

それとも、そんなふうに思い出せる出来事ではなくて、もっと些末《さまつ》な、でも確実に薄黒く溜まっていく埃《ほこり》みたいなことについて数えるべきだろうか。たとえば食卓で夫に話しかけたとき、返事がなかったこと。とりたてて難しい話題だったわけではない、今日は暑いわねとか寒いわねとか、さっき足の爪《つめ》をぶつけちゃったのとか、そんなどうでもいいことだ。まりは自分が発した言葉が宙に浮いて、そのままふっと、それこそ埃みたいに床の上に落ちるのを感じた。

初回は、聞こえなかったのだと思った。夫は何か考え事をしていて、まりの声は実質的に耳に届かなかったのだと。二回目に同じことが起きたときには、「ねえ、聞こえた？」とたしかめた。ああ、うん。光一は頷いたから、聞こえているのだということがわかった。三度目にまりは「どうして返事をしないの？」と聞いてみた。光一は面倒臭そうな顔でまりを見た。それこそ、小難しい議論をふっかけられたとでもいうふうな。「べつに返事が必要な話じゃなかっただろ？」というのが夫の答えだった。なるほどねとまりは思った。以来、返事が必要なことしか夫に話しかけなくなった。

あるいは、着ぐるみを被《かぶ》っていたのはまりのほうだった、と考えることもできるのかもしれない。まり自身には被っていたつもりなどさらさらないが、光一の目にはそれが見えていたのだと。そうしていつしか見えなくなった。あるいは着ぐるみは、次第に劣化し、汚れや綻びが目立つようになった。それで光一はまりへの情熱というより、いっそ関心を失ったのだと。そうして夫は私を好きではなくなった。きらいになったのだと。

どちらが先だったのだろう？　夫と私、どちらが先に相手をきらいになったのだろう？　いつも思うことをまりはまた思う。そしていつものように、それがわかったところでどうしようもない、と結論する。

義母の携帯電話が鳴った。明日来るはずだった義弟一家が、予定が変わり今夜の食事に間に合うようになったらしい。

「人数増えたから寄せ鍋だね。まりさん、いい？」

義母からそう聞かれたまりには「もちろん」と答える以外の選択肢はない。八月に寄せ鍋？と内心眉をひそめはしても。

義母が冷凍庫を開ける。「ね、まりさん？」と呼ばれたからまりも一緒に覗き込む。大型冷蔵庫のほとんど下半分を占める冷凍庫には、様々なものがぎっちり詰まっている。お肉と、鶏《とり》と、ああ海老《えび》もあった、烏賊《いか》もあった、と言いながら義母はラップで厚く包まれた塊を次々に取り出し、まりはそれを受け取って調理台の上に並べていく。

「解凍、お願いしてもいい？」

はい、とまりは答えて、豚肉らしきものの包みを持って電子レンジの前に行ってみるが、他人の家のレンジだし、そもそも生肉を冷凍するということをまりはしないので、どのくらいレンジにかければいいのかわからない。

「あの……」

「解凍ボタン、解凍ボタン」

それでまりはそのボタンを探して押したが、ブザーが鳴って扉を開けてみると、肉の端が煮えていた。「あら」と義母は苛立《いらだ》たしげな声を上げ、でもすぐにそのトーンを打ち消すように、「どうせ煮て食べるんだものね」と続ける。

「〝弱〟のボタンもあるから、今度はそれも押してみたら?」

だったら最初からそう言ってよと思いながらまりはおとなしく言うとおりにする。鶏肉は〝弱〟ではまったく解凍されなかった。もう一度かけたら今度はやっぱり端のほうが煮えて、ラップの隙間から汁が漏れてまりのスカートに垂れた。エプロンを持参したのはこの家に来るようになった最初の年だけだった。以後は、義母への、というより自分自身へのある種の決意表明として、一度も持ってきたことがない。エプロンを貸してくださいとまりは言うつもりはなかった。スカートの汚れは無視した。家に帰ったら速攻でクリーニングに出せばいい。それでもシミが取れなかったら捨ててしまえばいい。

いつも鍵《かぎ》が開け放してある玄関のドアが外側から開けられて、騒がしい声が聞こえてくる。義弟一家が到着したのだ。声は家の中に向かって発されているのではなくて、一家内で喋《しゃべ》っている。七歳の甥と四歳の姪とが言い合う声、それを叱《しか》る義弟の妻の声、妻に何かを質問する義弟の声。それらの声の塊がタンブルウィードみたいな感じで家の中に転がり込んできて、ようやくこちらのほうに注意を向けて、「よう、元気?」とか「お義姉《ねえ》さん、お久しぶり」とか「おばあちゃーん」とか「おじいちゃんはー?」とか、口々に囀《さえず》る。

一族が揃ったときの通例で、ダイニングではなく仏間の座卓で夕食をとることになる。カセットコンロが二台置かれて——ふたつ目を買っておいたのよ、と義母が得意そうに言った——、でも土鍋はひとつしかないから、ふたつ目のカセットコンロの上には味噌汁《みそしる》を作るようなアルミの鍋が置かれている。ふたつの鍋の中では湯が沸いていて、「あっ、肝心なのを忘れてた」とキッチンに戻った義母が、インスタントだしの素を持ってきて、鍋の中にサラサラと入れる――なんだか入浴剤みたいだとまりは思う。鍋の具はやはりふたつの大皿に分けてコンロの傍に置いてあり、皿の上にはキャベツ、もやし、人参《にんじん》、エノキという、あまり寄せ鍋っぽくない野菜の山に、豚の薄切り肉と鶏のぶつ切り（ともに一部が煮えているせいで、残飯みたいに見える）、海老と烏賊、かまぼこに揚げボール、市販品の冷凍餃子《ギョーザ》なども並んでいる。義母の冷凍庫はブラックホールみたいだ。

「まりさん、そっちやってくれる？」と義母に言われて、まりがアルミ鍋の管理をすることになる。長方形の座卓の奥の短い一辺に義父、長い辺の右側には奥から義母、光一、まり。左側には義弟、義弟の妻、甥、姪というふうに座っているから、アルミ鍋はまりと子供たち用、ということになってしまう。これが誰かの画策の結果なのか偶然なのかはわからない。

「お団子食べる、お団子食べる」

と姪が腕を振り上げる。揚げボールのことだろう。

「ずるいよ、ハルカばっかり」

と甥がキイキイ文句を言う。

「ヨウちゃんこっちにお団子あるわよ。取ってあげようか」

とまりは言ってみるが、甥は無視した。

「ヨウちゃん」

「この鍋まーずーいー。味がない」

「ヨウスケ、わがまま言わないの」

「お団子、お団子」

「まりさん、すみません。子供たちにはこっちで食べさせますから」

「そしたらあっちの鍋、まりさんひとりだけになるよ？」

「もう鍋こっちだけでいいだろう」

「詰めて、じゃあ、詰めて」

まりは言われるままに、ほとんど無意識でもうひとつの鍋のほうへ体をずらした。今や周囲のすべては合体してまりを取り込み、世界はこのコンロの上の鍋そのものになり、まりは自分が、具材のひとつ――人気がなくて、誰にも掬《すく》い取られないままいつまでも煮え続けているような具材のひとつ――として、鍋の中に閉じ込められてしまったかのように感じた。これが私の生きている世界なのだ、とまりは突然どうしようもなく認識した。どうして出ていかないのだろう？どうして出ていけないのだろう？


食事が終わり、女たちで片付けをして（その間、男たちと子供たちがテレビの前でくつろいでいる——田舎の風習だ）、その後順番に入浴したりで、仏間と廊下を隔てた六畳間に延べられた布団（延べたのはまりだ）にまりが入ったのは、十二時少し前だった。

万一義母か義父に見られたときに不自然に思われないぎりぎりの距離を離して敷いた布団の片方で、先に風呂《ふろ》を済ませた光一はもう寝息を立てていた。今日は運転の疲れもあって、ふりではなく本当にもう寝込んでいるようだ。そうでなければこちら向きになって無防備な寝顔を晒しはしないだろう。その顔をしばらくモノのように眺めてから、まりも目を閉じた。ひどく疲れたという自覚はまりにもあるのに、頭は妙に冴《さ》えている。ぐつぐつ煮える鍋がまた頭の中にあらわれて、甥と姪とがそこから浮き上がって騒ぎ出す。

まりは子供が苦手だった。近年、この家に来るのがますますいやになってきたのは、甥と姪に会わなければならないという理由も大きかった。赤ん坊の頃にはやたら泣き、言葉が喋れるようになればやたら喋って、どっちにしても自分の要求を通すことしか頭にない、柔らかくて脆《もろ》いのに活発で、ひとりでは何もできないくせに、こちらの言うことに耳を貸そうとしないちっぽけな生きもの。かわいいと思えなくてもかわいいと言わなければいけない生きもの。かわいいと思えるときがあったって、所詮《しょせん》はひとのものである生きもの。

光一と結婚した当初、まりは、子供を持つのも悪くない、と考えていた。それで避妊するのをやめたが、妊娠の兆候はいっこうにあらわれなかった——当時は毎晩のように性交していたにもかかわらず。不妊治療について考えるべきなのか。子供を持つことについて、あるいは持たないことについて、光一と話し合うべきなのか。考えているうちに時間が経《た》って、そのうち性交の回数が減ってきた。減れば当然、妊娠する可能性も小さくなる。話し合うべきなのはセックスの減退のことなのか、不妊のことなのかわからなくなり、結局まりは、この問題を放置することを選んだ。

どうしてもほしいと思っていたわけじゃなかったし。もともと子供は苦手だったし。まりは自分をそんなふうに納得させた。今でも概《おおむ》ね納得している。子供がいないくらいで何かが欠落していると感じるほど私はやわじゃない、と思っている。だが時折、今日のように生々しい子供たちにさらされると、その納得が微《かす》かに揺らぐ。もうひとつの人生を選べなかった責任を、光一に負わせたくなる。

まりは眠る努力をあきらめて、目を開けて天井を見つめた。この家に来て一泊するときにはいつでもこの部屋をあてがわれる。「お客用の六畳間」と呼ばれていて、押入れには客用の布団がふた組入っているが、ふたつ並んだカラーボックスが端に寄せられ、その上にミシンが載っているから、普段は義母はここで裁縫などしているのかもしれない。毎年、少なくとも一泊はこの部屋で過ごしているから、板張りの天井の木目の模様にもすっかり目が馴染《なじ》んでいる。ようするに毎回ここで眠れずに横たわっている時間が長いということかもしれない。

まりはふと、先月の夜のことを思い出した。下北沢のカフェ・ダイナーで実日子先生にばったり会ったときのことだ。

あの夜は、まりが突発的な行動を起こした夜だった。夕食ができていつものように光一を呼ぶブザーを押して、二回目を押してしばらく経ったとき、おそらく三回目を押す少し前に仕事場から出てくるであろう夫を待つこと、そのあと無害な言葉をいくつか交わしながら食卓で向かい合うことが、突然、猛烈に耐えがたくなって、財布を掴むと家を飛び出した。外から席が空いているのが見えたあのカフェ・ダイナーに入って、パクチーのサラダととうもろこしのフリットと子羊のローストを注文した。アルコールは最初に生ビール、次にグラスの白ワイン、そのあとはデキャンタの赤ワインを頼んで、ちょうどそれを飲み干した頃に、実日子先生があらわれたのだった。

まりはかなり酔っていたのだが、どうして別れないのかと実日子先生に聞かれたこと、その答えが自分にはわからなかったこと、意趣返しのように、自分と実日子先生はどちらがかわいそうかと聞いたことは覚えている。どっちかしらね、と実日子先生は曖昧《あいまい》な返事をして、そのとき一瞬、むかっ腹が立ったことも。私のほうがかわいそうに決まっている。実日子先生の夫はいるのだから。生きている間、ずっと彼女のそばにいて、だから死んでしまっても、ちゃんといる。彼女がなんと言おうとも、どれだけさびしそうに見えても、それだけはたしかだ。

あの日、家に帰ったのは十一時過ぎだった。家の中には電気が煌々《こうこう》とついていた。まりが放《ほう》り出していった料理は、半分ほど減った状態で、テーブルの上に載ったままになっていた。光一が使ったらしい箸《はし》と取り皿とコップは洗って水切りかごに伏せてあった。寝室を覗くと、光一のべッドの夏掛けが、いつものように彼の形に膨らんでいた。エアコンが利いているとはいえ暑苦しく顔の半分まで夏掛けに埋《うず》めているのは、彼が寝たふりをしている証拠に違いなかった。まりは黙って寝室を出て、食卓を片付け、入浴し、夫の隣のベッドに入って眠った。翌朝ふたりとも、その夜の話はしなかった。今に至るまでしていない。

光一の実家にいいところがあるとすれば、八月の最中でも涼しいと言える気候であることだ。翌朝、まりは洗面を済ませると掃き出し窓から庭に出て、大きく伸びをした。

朝食の支度を手伝いに行ったほうがいいだろう。そう思いながら、義母の気まぐれなガーデニング熱が松や灯籠《とうろう》の根元にカラフルな花を咲かせている一貫性のない庭を、しばらく歩いた。昨夜より少し気分が晴れていた。

泣き声が聞こえてくる。姪だ。まりは家の中に入った。姪が持ってきたリュックが見当たらないとかでごねている。大人たちが家中を探し回り、姪は泣き続け、相手にされない甥が拗《す》ねてわがままを言い出し、墓参りへの出発はかなり遅れた。

いきおい東京へ向かって発《た》つのも遅くなった。道もかなり混んでいて、休憩と軽食を取るために談合坂《だんごうざか》のサービスエリアに入ったのは午後六時過ぎだった。食堂のほうへ向かう夫と逆方向へまりは歩いて、トイレに入った。

個室に入ると、ショルダーバッグの中から赤いリュックを取り出した。猫の顔がポケットになっているちっぽけなやつだ。昨日、眠れないまま水を飲むために台所へ行ったとき、仏間の入口に落ちているのを見つけて拾っておいた。姪のものだということはわかっていたが、渡すつもりは端《はな》からなかった。そういう真似《まね》が自分にもできるかどうか試してみたかったのだ。簡単にできた。姪が泣き叫んでいるときも、心は大して痛まなかった。

このくらいのことは私にもできる。

まりはそう思い、そのリュックを汚物入れの中にねじ込んだ。

6

あの頃、しばらく前から、左腕の付け根が痛いと俊生は訴えていたのだった。

でも、堪《た》えられないほどの痛みではなかったし、毎日痛むというわけでもなかった。時間があって手元に本があればどこでも、どんな姿勢でも読み耽《ふけ》るひとだったから、凝りをこじらせたのだろうと本人も実日子も思っていた。一度病院に行ってみたらと実日子は夫に言ったけれど、そのうちねと答えただけでいつまでもそのままになっていることを、それほど気にしてはいなかった。

あの日は火曜日だった。俊生の店の定休日だ。実日子も外仕事がない日だったから、午前中にふたりで買い物に行った。少し遠くまで歩くと筍《たけのこ》の庭先販売をやっている家があるので、あたりをつけて行ったら、掘りたての見事なものが並んでいて、ほくほく顔で二本買った。

実日子は、短い散歩のつもりだった。原稿を書いたり、レシピを考えたりするといった、家でする仕事が溜まっていたのだ。俊生のほうはピクニックみたいな気分でいたらしかった。筍を入れた袋をぶらぶらさせながら、このままもう少し歩いて羽根木《はねぎ》公園に行こう、と言い出した。それでささやかな、諍いともいえない諍いをした。せっかくこんなに天気がいいのに。俊生は言い、その言いかたが「君は人生の楽しみかたを知らない」というふうに聞こえたので、実日子はちょっとむっとして、「あなたのスケジュールにそうそういつもは合わせられないわ、私にも仕事があるんだから」と言い返した。そりゃあそうだね。そうよ。そう言い交わしたときには、ふたりとも笑い混じりではあったのだが、それでもやっぱり帰路は行きよりもどことなくぎこちなかった。公園に行けばよかった、と実日子は家に帰り着くまでずっと後悔していた。小一時間くらいどうとでもなったのに、と。こんないい陽気の日に、俊生とふたりでのんびり歩く時間を今度いつ作れるかわからないのだから、と。今も同じことを繰り返し思っている。

家に戻ると実日子はすぐに筍を茹《ゆ》でにかかった。俊生は玄関からまっすぐ寝室に入った。ベッドの脇に置いてある本を取ってきて、ダイニングで読むかもしれない、と実日子は期待を込めて思ったが、俊生は上がってこなかった。ベッドに寝転がって読むことにしたのだろう、と考えた。諍いなどとは無関係に、これまでもそういうことはよくあった。どの本を持って実日子のそばに行こうかと選んでいるうちに、読みはじめ、中断できなくなってしまうのだ。

今日もきっとそうだろう。実日子はそう考えながら、筍を洗い、外側の皮をむき、穂先を斜めに落として——これは結構力のいる作業で、俊生がいてくれたらよかったのにとあらためて恨めしくなった――、皮に切り目を入れて大鍋に投じた。アクを抜くための糠《ぬか》を冷蔵庫の中から見つけ出すのに少し時間がかかった。筍を入れた湯が沸騰し、そのときに時計を見た。十一時十四分だった。新しい筍だから、正午まで茹でればいい塩梅《あんばい》になるだろうと実日子は考えた。茹でている間、自分も下に行こうかとちらりと思った。だが行かずに、昼食の支度をしておくことにしたのだった。ごはんを炊いておにぎりにして、有り合わせのおかずと一緒にカゴに詰めて、テラスで食べることにしよう。何も言わなくても、それで仲直りの意図は伝わるだろう。俊生はあっという間にご機嫌になるだろう。

筍の鍋の火を止めるまでにおかずを作り、炊きたてのごはんでおにぎりを握り終えたのが十二時半過ぎだった。おかしな話だがあのときのお弁当がどんなものだったか克明に覚えている。コーンフレークを衣にして揚げた海老、薄切りの牛肉とアスパラガスを串《くし》に刺して、醬油を塗って炙《あぶ》ったもの、甘く作った卵焼き。キャベツの甘酢は茗荷《みょうが》と大葉を芯《しん》にしてくるりと巻いた。おにぎりは俵型で、梅干しを入れておぼろ昆布《こんぶ》をまぶしたものと、蕗味噌《ふきみそ》を入れたもの、焼いた塩鮭《しおじゃけ》を入れて海苔《のり》を巻いたものの三種類。キッチンにはいろんな匂いが漂っていたが、それらをふくよかに包み込んでいるのが筍を茹でる匂いだった。幸せな匂い。筍を茹でるときにいつも思うことをあのときも思った。

おかずをすべて作り終えたあと、ごはんが炊けるまでに少し間があって、そのときに一階へ降りようかと再び考えたことも覚えている。でも、降りなかった。ちょうどダイニングテーブルの片側に資料を置いていたので、それを読みながらごはんが炊けるのを待っていた。お弁当をサプライズにしたかったから。実日子が不機嫌でいると俊生に思わせておいて、上がってきたときに喜ばせたかったのだ。あのとき降りていれば、と実日子は何度でも考える。いや、公園に行っていれば。もっとうるさく言って、医者に行かせていれば。

「お昼ごはんができたわよ」

実日子は階段の上から、俊生を呼んだ。吹き抜けになっているから声は一階にもよく通る。いつもならすぐに「ほーい」という返事が聞こえるのに、それがなかった。眠っているのだろうか。まさかまだ臍《へそ》を曲げているとは思えないけれど。お昼よー、ともう一度呼んでから、実日子は階段を降りていった。寝室にはドアがなく、階段室からひと続きになっている。俊生が奇妙な格好で床に横たわっているのが見えたとき、実日子の頭に最初に浮かんだのは「サプライズ」だった。俊生は俊生で、仲直りの方法を考えていたのだ――私が恐る恐る近づいて手を触れたら、きっと怪物の真似をして奇声を上げながら抱きついてくるのだろう、と。

その日、突然やってきた勇介はいつものカンフースーツ姿ではなかった。チェ・ゲバラの顔がプリントされた黄色いTシャツに穿《は》き古したデニムという格好で、オレンジ色の蜜《みつ》をかけた巨大なかき氷らしきものが入った袋を両手に提げて、ドアの前に立っていた。

「暑いですね」

「その通りね」

勇介の額に幾つも浮かんでいる玉の汗を見ながら実日子は頷いた。今は猛暑の八月で、最高気温が連日更新されており、しかも午後一時過ぎといういちばん暑そうな時間帯だった。

「テラスでかき氷を食べましょう」

「テラスで？　この暑いのに？」

「だってかき氷ですよ？」

そういうわけで、実日子は長袖のブラウスをタンクトップに着替えて、顔を含めたむき出しの部分に日焼け止めを念入りに塗り――その間、家の中で待っているようにと勇介に勧めたが、彼は固辞した――帽子を被り、蚊取り線香を携えてテラスに出た。「テラスで食べるか否か」が当面の問題点として提示されたから、「今このときを勇介と一緒に過ごすべきか否か」という問題は先送りされてしまった。ポイントはかき氷だわ、と実日子は考えた。だって、私が彼を追い返したら帰り道で溶けてしまうもの。あんなに巨大なカップをふたつ提げてきたのは彼の策略なのだろうか。それにしても、私が留守だったらどうするつもりだったのだろう？　すると、家の前にぺたりと座って猛然とかき氷を搔《か》き込んでいる勇介の姿が目に浮かんで、実日子は思わずクスッと笑った。

「ね、楽しいでしょ？」

勇介が実日子と同じだけの微笑を浮かべて見上げた。かき氷のカップは日陰に並べて置いてある。

「今のところは楽しいわ」

実日子は勇介の隣に、適切と思われる距離をおいて座った。マキシスカートの薄い布越しに、日差しを十分に吸い込んだウッドデッキの温かさ——というより熱さ——が伝わってくる。かき氷は下北沢にあたらしくできた台湾《たいわん》スイーツの店で買ってきたのだと勇介は言った。オレンジ色の蜜はマンゴーで、果肉もたっぷり入っていた。

「おいしい」

本当にびっくりするほどおいしかった。

「でしょ？」

と勇介は得意げに言った。よく日焼けした横顔の線が、日差しにぼうっと滲《にじ》んでいる。その線を、知らない町の地図のように実日子は辿った。

「私が今日、家にいるってどうしてわかったの？」

「いるにきまってるんですよ」

「どうして？」

「こんな暑い日に、僕が実日子さんに食べさせたいと思ってかき氷を買いに行ったんですから、いるにきまってるんです」

「今の科白、ゆかりちゃんに聞かせたら、なんて言うか興味深いわね」

「ふた言ですね。キモ。ウザ」

実日子は笑った。不安定な会話だ、と感じる。危うい境界線があって、そこに近づいたり、遠ざかったりしている。駆け引きをしているつもりはなくて、いやではなかったが楽しんでもいなかった。ただ、そんなことができている自分を遠くから眺めているような感覚がある。

暑かった。実日子は帽子を脱いだ。一瞬、頭がすうっとしたが、すぐにじりじり照りつけてきて、また被った。そんな自分をやっぱり遠くから眺めている自分が、中に入ればいいのに、と呟いた。でも実日子はそうせず、かわりにかき氷を大きくすくって口に入れた。

こんなふうに勇介が突然あらわれることがこの頃ときどきあった。以前は何か口実を携えてきて、顔を合わせてすぐに立ち去ることが多かったけれど、最近になって今日のような訪問が増えてきた。今日のような――つまり、実日子に会いたくて来たことを隠そうとしない訪問。それとも隠しているつもりなのだろうか、マンゴーのかき氷の下に？

「そんなにおいしいですか」

勇介が言い、実日子は首を傾《かし》げた。

「だって、また笑ってるから」

「あら……」

そうね、本当においしいわね、と実日子は同意したが、実際には今、自分が口元を緩めていたことには気づいていなかった。少し動揺しながら、あらためて笑顔を作ってみた。あまりうまくいった気がしなかったが、その顔のまま、「なんだか私たち、かき氷の話ばかりしてるわね」と言ってみた。

「じゃあべつの話をしますよ。そうだな、ええと……お盆休みは取れるんですか」

「美容師さんみたいね」

と実日子は笑って――これは自然に――から、「はい」と答えた。

「どこか行くんですか？　旅行とか、帰省とか」

「帰省はしないけど……」

実日子の実家は和歌山《わかやま》にあって、正月にしか帰らない。

「じゃあ旅行？」

と聞き返した勇介の口調はいくらか落胆していた。男と行くのかと考えているのかもしれない。

「旅行なんか行かない。どこも混んでいるもの。一日だけ、友人の家に行くの」

「男友だち？」

と今度は勇介ははっきりと聞いた。

「ご夫婦。都内のお家」

「おいしいもの、作りにいくんですか？　食べにいくんですか？」

「両方かしら。あちらもお料理上手なの」

「ふーん。なら、いいですね」

さらなる説明を勇介が待っていることがわかった。どういう夫婦なのか、どういう知り合いなのか、どうしてお盆休みの一日をその夫婦と過ごすのか。ふつうならもう少し言葉を足すだろう。だがそれ以上は実日子には言えなかった。

「勇介さんは？　どこか行くの？」

それで、そう聞いた。勇介は一瞬、不服そうな表情になってから、「とくにどこも」と答えた。

「帰省しないの？　ゆかりちゃんの家はどこだったかしら、多摩《たま》のほうよね」

「奥多摩のど田舎の、温泉とかあるとこですよ。僕も姉も帰りません。墓は父親の郷里の東北にあるけど、もう何年も行っていないし。先祖とか墓とか、わりとどうでもいい家なんで」

「あなたくらいの歳《とし》だと、大切なひとはまだ亡くなってないものね」

「あなたくらいの歳って……そんなに変わらないじゃないですか。僕は三十四歳ですよ」

「四つ下ね」

話題が変わったのはありがたかった――勇介が四つ下であることはとっくに知っていたけれど。ゆかりからそれとなく彼がふたつ下の弟であることを聞き出して、ということは三十四、私より四つ下なのねと計算していた。俊生は実日子よりちょうど十上だったから、俊生と勇介は十四も違うのだという計算もすでに終えていた。

勇介はかき氷を平らげることに集中しはじめた。実日子の器の中にはまだ半分以上残っていて、それは半ば溶けてオレンジ色の水と化していた。それを実日子はごくごくと飲んだ。飲みながら、飲み終えたらどうしたらいいのだろう、と考えた。

「ごちそうさま」

飲み終える前に勇介の声がした。実日子が顔を上げたときには彼はもう立ち上がり靴を履いていて、子供みたいに腕で口元を拭《ぬぐ》うと、じゃあまた、と言ってすたすたと帰っていった。寂しそうな背中だった。


俊生の両親は三鷹台に住んでいる。

近くの短大の学生だろう、ラケットケースを背負った若い娘の集団が、実日子の前を歩いている。Tシャツやミニスカートから伸びる手足が、いかにも運動選手らしく締まっているのに、まるで日焼けしておらず真っ白なのがちぐはぐだった。今時の子は練習時も大事な試合に臨むときも、UVケアを怠らないのかもしれない。そんなことを考えながら、実日子はちらりと勇介の肌の色を思い出した。足取りは遅れがちになり、いつしか距離を離されて、角を曲がったときにはもう娘たちの姿は見えなかった。

蔦《つた》に覆われた二階屋が坂の上に見えてくる。九州の家を処分したタイミングで、下北沢の古書店と住まいを俊生に譲って、俊生の両親はこの古家を買って移り住んだのだった——義父が自分であちこち直したり壁を塗ったり床を張ったりし、義母が家の周りに様々な植物を植え込んで。まったく俊生の両親らしい住処《すみか》だと、来るたびに実日子は思う。

「お久しぶりね。暑かったでしょう」

義母がドアを開け実日子を迎えた。銀髪のベリーショート、ひまわり色のゆったりしたシャツワンピースに、白の細身のパンツという格好で、七十代半ばには見えない。台所で持ってきたものを置いてから、奥の座敷へ行くと、掃き出し窓に面した板の間の籐椅子《とういす》に座っていた義父が振り向いて「よう」と笑顔を見せた。

座敷で、座卓を囲んで向かい合う。座卓は大正時代のもので、座布団のカバーは義父が収集したアジア各国の更紗《サラサ》を、義母が縫ったものだ。義母が運んできたグラスの中身は冷やした中国茶だった。俊生があのような俊生であった必然を、やっぱり実日子は思う。以前はそのことは幸福だったが、今はつらかった。

俊生がいた一昨年《おととし》までは、お盆にここへ来る習慣はなかった。井の頭線一本で行ける距離だし、おいしい到来物があったとかめずらしい本を見つけたとか、そんな理由で呼ばれたり訪ねたりしていた。勇介の実家同様に、この家のひとたちも盆の行事には無関心だ。仏壇もなく、ただ去年からは、この部屋の褪せた黄色にペイントされたサイドテーブルの上に、額に入った俊生の写真と、いつでも季節の花が生けられたガラスの小瓶が置いてある。今日、その小瓶にはブルーのスカビオサが一輪差してあった。その横で俊生は破顔している。ストライプのシャツを着て、片手に本を持って。実日子が彼らに渡した写真で、一昨年の、彼が聞き手となったトークショーのときのものだ。作家から何かからかうようなことを言われて、照れながら笑っている俊生。

「実日子さん、また今日も、おいしそうなものをたくさん持ってきてくれたのよ」

義母が最初の話題を見つけてくれた。ああ、そう。義父が柔らかく微笑《ほほえ》む。

「いつも楽しみにしてるんだ」

「私も、ここに来るのが楽しみなんです」

実日子は嘘を吐いた。義父と義母を好きだったし、義母が用意してくれる夕食がおいしいことは間違いなかったのだけれど。

「うちのも今日はちらし寿司《ずし》なんか用意しているようだよ」

「いたってふつうのちらし寿司よ。プロのひとに食べさせるようなものじゃないのよ」

「さっきお台所で、椎茸《しいたけ》の甘煮のすごくいい匂いがしてました」

再び、沈黙が訪れた。俊生がいるときにはこんなことはなかった。俊生が喋っていたということではない。むしろ俊生はこの家に来ると、来るたびに増えている父親の蔵書や骨董品《こっとうひん》を検分することに夢中で、会話にはあまり加わらなかった。そういう俊生を横目に、彼の両親と実日子は他愛もない話に興じ、笑っていたのだった。

義父は遺影の俊生が着ているのとよく似たストライプのシャツを着ていた。義母同様にいつもお洒落《しゃれ》で、若々しいひとだった。だがやっぱり歳をとった。実日子はあらためてそう思う。俊生が亡くなってから、このふたりはひと回りかふた回り縮んでしまった。

三人とも黙りがちになるのは、何を喋ればいいのかわからないからだろう。去年、いわゆる初盆に訪れたときにはもっと喋った。葬儀のこと、葬儀に来たひとたちのこと、店の始末のこと、これからの生活のこと。俊生のことのようでいて、その周りをぐるぐる回っているような、悲しみから遠ざかることができるような話題があった。

だったら今日は、俊生のことを喋ればいいのだ、と実日子は思う。そのために来たのだから。こんなとき、彼はいつも座らないで、お義父《とう》さんの本棚の前を行ったり来たりしていましたね。そんなふうに言えばいいのだ。そうしたら義父と義母も息子の思い出を語るだろう。そろそろそうできることをたしかめるために、私たちは今日、ここで向かい合っているのだから。

まだ五時にもなっていなかった。夕食の時間までにだいぶある。義母が黙ったまま立ち上がって部屋を出ていった。トイレに行ったにしてはいつまでたっても戻ってこず、実日子と義父がそわそわしはじめた頃、両手に段ボール箱を抱えた義母が戻ってきた。

「実日子さん、これ……必要なものがあったら、持っていって」

黴《かび》と樟脳《しょうのう》の匂いが微かにする箱の中には、アルバムやノートの束や、丸めた画用紙などが入っていた。俊生のものであることが実日子にはすぐわかった――この中のいくつかは、以前にも見たことがあった。

「箱ごと持っていってもかまわないわ。あなたが持っていたほうがいいと思うの」

「そうでしょうか?」

「そうよ」

義母はきっぱりと言った。必ずしも自分が正しいとは思っていないとき、そんなふうな強情な子供みたいな表情を俊生もすることがあった。義母はたぶんもう自分では見たくないのだろう。あるいは見てみようとしてあきらめたのだろう。

実日子は素直に箱に向かった。すると義父は最初に座っていた籐椅子に移動し、義母は再び部屋を出ていった。自分ひとりにすべてを背負わされたように感じたが、結局のところひとりですべてを背負うしかないのだと思い直した。義父も義母も、今さらアルバムを見なくても、この箱の中身以上の記憶と日々格闘しているに違いないのだから。

アルバムを取り出してめくっていく。このアルバムを最初に見たのは、まだ結婚する前だった。一緒にこの家に来た最初のとき。「カノジョを実家に連れてきてアルバム見る？　って言うようなやつにだけはなりたくないんだよ」と言いながら持ってきたのだった。アルバムは二冊あって、一冊目には生まれたての赤ん坊の頃から小学校入学まで、二冊目は小学校から中学校時代の写真が貼られている。二冊とも義母か義父が写真を整理したのだろうとわかる。十代の半ばからは本人が写真を管理するようになったのだろう、そこから先のアルバムはない。

赤ん坊の俊生はびっくりするほど丸々と太っている。幼児の俊生もぽっちゃりしていて子熊《こぐま》みたいで、そんな小さな頃から、何かむずかしいことを考え込んでいるような表情がときどき写っている。小学二年生頃から痩せはじめて、六年生のときには案山子《かかし》みたいにヒョロヒョロしている。顔つきはもう大人の俊生の片鱗《へんりん》がある。中学生の俊生はたいていいつでも不機嫌そうで、たまに笑っている写真があるとその無邪気さにドキッとする。きっと同じように感じていた女生徒がいただろう。

こうした感慨は、最初にアルバムを見たときと同じものだった。それを辿っていると言ってもよかった。赤ん坊の、幼児の、小学生の、少年の俊生の写真を見て、このとき彼はまだ私のことを知らなかった、会ってさえ、すれ違ってさえいなかった、と考えたのも同じだった。ただあのときには横に俊生がいて、今はいない。

ふたりが見知らぬ同士だったときがあったのなら、と実日子は——あのときから十数年後、俊生が育った家の座敷に、ひとりぽつんと放り出されて座っている実日子は——思った。そのままずっと会わなければよかったのに。そうしたら、この赤ん坊が、幼児が、少年が、五十歳にもならないうちに、ある日突然前触れもなく死んでしまうことを私は知らずに済んだのに。こんなに辛《つら》い思いを味わうこともなかったのに。

義母が食事を知らせに来るまで、実日子はじっとアルバムをめくり続け、俊生が描いた絵や短い文章を眺めたり読んだりしていた。でも途中からそれは単なる動作にすぎなくなって、実質的に何も見てはいなかったし、何も読んではいなかった。少年期のアルバムを一冊と、彼が中学時代に描いた学園祭のポスターを一枚、実日子は持ち帰ることにしたけれど、家に帰って自分がそれを、義母が入れてくれた紙袋の中から取り出すことがあるとは思わなかった。

自宅の最寄駅まで戻ってきたのは夜九時過ぎだった。テーブルの上に並べられた料理——義母が作ったちらし寿司、とうもろこしと海老のかき揚げ、鯵《あじ》の南蛮《なんばん》漬《づ》け、浅漬けふうのサラダ、実日子が作ってきたカポナータと、メロンとミントのシロップ漬け——の感想だけを熱心に言い交わすような数時間を過ごして、そそくさと辞してきたのだが、それでもひどく長い一日だった。

家の五十メートルほど手前の街灯の下に、若い娘がひとり立っていた。顔半分を覆うようなサングラスをかけているせいでよくわからなかったが、足の付け根すれすれのショートパンツにフリルだらけのギンガムチェックのブラウスという姿からすれば、十代にも見える。スマートフォンを熱心に見ている。実日子に気づいてパッと顔を上げたが、すぐにまたスマートフォンに戻った。

実日子はいったん通り過ぎた。家の前まで来て、一瞬考え、引き返した。早足の足音を聞きつけて再び顔を上げた娘が、警戒するように身構えた。

「……誰かと待ち合わせでもしているの?」

娘は返事をしなかった。サングラスは太いピンクのフレームのトンボ型で、蝶番《ちょうつがい》の周りにはラインストーンが埋め込まれている。真っ黒なレンズのせいで表情はわからない。というか、向こうから私のことはちゃんと見えているのだろうかと実日子は訝る。

「危ないわよ、女の子がひとりで、こんな夜に……」

「大丈夫です」

娘はようやく反応した。いかにも迷惑そうな、反抗的な声。

「何してるの？」

娘の唇が歪んだ。そこからチッという音が漏れ、娘が舌打ちしたのだと実日子が気づくのと同時に、娘はだっと駆け出した。待って。実日子は声をかけたけれど、振り向きもせず駅のほうへ向かって走り去っていった。

「え？」

「誰かを待ってるのでないなら、どうしてこんなところに突っ立っているの？」

実日子はのろのろと家に戻った。ひどい自己嫌悪とともに、あの娘のあのような反応は正しい、と思った。あの娘にとっての自分が、おせっかいな中年女であることは間違いなかった。周囲の住宅にはまだほとんどの窓に灯りがついている時間帯だし、実のところ、彼女の身の安全をさほど心配していたわけでもなかった。ただ知りたかったのだ――あんなところでひとりで何をしていたのか、手にしたスマートフォンの向こうに誰がいるのか。それとも誰もいないのか。いずれにしても自分がどうかしていたことはあきらかだった。

そうだ、私はどうかしているのだ。バッグやアルバムを入れた紙袋を床に投げ出し、ソファにくずおれると、実日子はそう考えた。俊生を失ったときからおかしくなってしまった。もう絶対に、俊生と一緒にいた頃の自分には戻れっこない。

実日子はスマートフォンを取り出して、さっきの娘がしていたようにじっと見入った。それから勇介に電話をかけた。彼が置いていった出張鍼治療のチラシにあった番号を控えていたのだが、自分のほうからかけるのははじめてだった。

「はいはい」

と勇介は出た。嬉《うれ》しそうな、期待に満ちた声だ。少なくとも実日子はそう思うことにした。

「これから来られない？　スタジオじゃなくて私の家。会いたいの。一緒にお酒を飲みたいの」

実日子はひと呼吸置いてから一気に言った。

「遅くなったら泊まっていってもいいから」

勇介のほうにも返事までに間があった。

「わかりました、これからすぐ出ます」

二十分経たずに勇介は来た。呼び鈴が鳴り、実日子がドアを開けると、表の暗闇《くらやみ》の中に勇介の顔がぼうっと浮かんでいた。そんなふうに見えるのは、彼が黒いカンフースーツを着ていたからだった。

「どうしてそんな格好してきたの」

実日子は笑った。きっと彼一流の照れ隠しなのだろう、と思いながら。勇介は笑わなかった。

「男にふられたんですか、実日子さん」

「何言ってるの、とにかく入って」

「恋人とうまくいってないんですか」

勇介はその場を動こうとしないまま、そう言った。違う、と実日子は小声で言った。

「当て馬になるのはごめんです。僕は、僕と寝たいと思っている女のひととしか寝たくない」

実日子には返す言葉もなかった。その通りだったからだ。勇介と寝ようとしていたが、それは彼と寝たいからではなかった。

「はあーっ」

突然、勇介は奇声を上げて、太極拳《たいきょくけん》の型のひとつらしきポーズを決めた。それから一礼すると、すたすたと歩き去っていった。

実日子はクスッと笑った。最後の勇介の奇矯《ききょう》なふるまいは、自分を笑わせるためだと思ったからだ。それからドアを閉めて家の中に入り、元いた場所に戻ると、泣いた。

7

里芋は皮付きのまま、少ない水で蒸し茹《ゆ》でにする。

茹で上がったそれを実日子《みかこ》先生はザルにあげる。あっつ。あつつつ。声を上げながら皮をむく。

今日の実日子先生はいつもより賑《にぎ》やかだ。

「みなさん、おうちでおさらいするときは、キッチンペーパーとかを使ってむいてくださいね。でないとヤケドしますよ」

ここは笑うところだろうか。ほかの受講生たちも迷っているらしく、曖昧《あいまい》な笑い声が上がる。このスタジオにもキッチンペーパーはあるのだから、実日子先生も使えばいいのに、とまりは思う。皮をむき終わった里芋は、油を引いたフライパンに並べていく。

「しばらく動かさないで焼いていきます。外側をカリッとさせたいので。動かしたくなってもじーっとがまんです」

何人かが笑い、何人かがメモを取る。焼いている間にこちらを仕上げますね。実日子先生はそう言って、隣のコンロに火を点《つ》けて、あらかた完成している鶏《とり》のそぼろを温めはじめる。味見して、うん、と頷《うなず》き、醤油《しょうゆ》を少し足す。最後に胡椒《こしょう》をたぁーくさん挽《ひ》きます。実日子先生は言う。たぁーくさん、ですね。受講生のひとりが繰り返して、また笑いが起きる。

今日のレッスンのメニューは、「おてがる和定食」がテーマで、里芋のこんがり焼き、茸《きのこ》のマリネサラダ、野菜六種のけんちん汁、豆乳寒天の黒蜜《くろみつ》添え、となっている。里芋が焼き上がったところで、みんなで配膳《はいぜん》して、試食タイムになった。

「すごーい。外がカリカリ、中はほっくほく」

さっそく上がった声に、「ウフフ、よかった」と実日子先生は嬉《うれ》しそうに笑う。里芋には、鶏のそぼろを絡めて食べる。

「このそぼろも、スパイシーでおいしいですね」

瑞歩《みずほ》が言った。

「でしょう？　和定食なのにスパイシーってへんだけど、まあそこは気にしないで。カレー粉や胡椒を入れないでお醤油とお砂糖だけで味付けすれば、もっと和のお惣菜《そうざい》っぽくなりますから、そこはお好みで」

「けんちん汁、お出汁《だし》を使ってないんですよね。でもちゃんとおいしいですね」

べつの受講者が言った。牛蒡《ごぼう》、人参《にんじん》、大根、さつまいも、椎茸《しいたけ》、葱《ねぎ》というのが「野菜六種」の内訳だ。たしかに、かつおや昆布《こんぶ》の出汁を使わなくてもおいしくできるものなのだろうかと、まりも思っていたのだが、野菜の味だけでじゅうぶんだった。

「お出汁信仰って、やっぱりあるのよね。私もずっとそうだったんだけど、意外と使わなくてもいけちゃうの。というか、今日みたいに根菜からいい味が出るときなんかは、逆にお出汁を入れないほうがすっきりおいしくなる気もするんですよね」

へええ。なるほど。受講生たちはそれぞれに頷いた。マリネサラダも、デザートもおいしかった。ただ何か今日のレッスンには、奇妙な感じがあった。もともと実日子先生には不安定なところがあったけれど、それとも違う何か——まりがこれまで知っている彼女とは違うような感じが。

「ね、今日、実日子先生へんじゃなかった？」

その日の帰り、瑞歩と寄ったいつものバーで、まりはそう聞いてみた。今夜もふたりが口開けの客のようだった。奥まったテーブル席が定席になりつつある。

「あかるかったよね。いいことじゃない？」

シェリートニックをごくごく飲んで、瑞歩は言った。レッスン時にビールと日本酒を飲んでいるので、本日三種類目のアルコールだ。まりはコロナビールを飲んでいる。

「あかるかった……のかな」

まりはちょっと考えて、「のよね」と言い直した。のよね。瑞歩が繰り返して、ハハッと笑う。

「そろそろふっきれたんじゃない？　ご主人が亡くなってから、もう一年半くらいになるし」

「かもね」

下北沢のカフェ・ダイナーで会ったときの印象では「ふっきれた」ようには見えなかったけれど、まりはそう言うにとどめた。

そういえばレッスンに通いはじめたとき「亡くなってから一年と少し」と聞いていた。あれから半年弱が経《た》ったわけだ。ということは、私も、料理教室にもう半年弱通っているのだ。もともとは、マッチングアプリを利用するための方便だった。でも結局、なんだかんだで通い続けている。星野《ほしの》一博《かずひろ》とデートするときには、べつの日に「友だちと会う」と光一《こういち》に言って出かけている。「料理教室の友だちと」とか「大学のときの友だちと」とか、説明をつけていたのは最初の頃《ころ》だけで、最近では「今夜は出かけるから」としか言わないこともある。それで何の問題もなく済んでいる。

「半年か」

それで、まりは思わずそう呟《つぶや》いた。星野一博との付き合いも、月に一度会うか会わないかではあるけれど、期間だけで言えば半年ということになる。

「何の感慨？」

ある方面には無駄に敏感な瑞歩が、すぐに聞き返す。瑞歩には星野一博のことは明かしていなかった。どうして明かす気にならないのか、まりは自分でもよくわからなかった。マッチングアプリを利用している件については、自分の性格やこれまでの瑞歩との付き合いを思えば、むしろ面白おかしく話して聞かせられるはずだった。恥ずかしいことだとも思っていない。だがなぜか明かす気にならない。なぜだろう？

「いや、あんまり料理、上手になってないかなって」

まりはごまかした。

「上手になるためっていうより、食べるために行く場所だからね」

「瑞歩にとってはでしょ」

「上手になりたいっていう向上心があったわけ？　改心して、素敵な奥さん目指してたの？」

「改心って」

まりは苦笑した。あたらしい客が入ってきた。三人組で、カウンターに座って店員と賑やかに話しはじめる。

「あれじゃ当分こっちこないね。トイレ行くついでにオーダーしてくるよ。何飲む？」

白ワインをお願いとまりは答えた。この調子だと、今夜も家に帰るのは遅くなるだろう。かまわない。前回よりももっともっと遅くなったっていい。なんなら朝帰りしたっていい。

瑞歩が戻ってきて、「あのカウンターの女、絶対あの店員とできてる、連れの男と二股《ふたまた》かけてるね」という雑な推理を披露してから、

「ね、ちょっと聞いていい？」

とあらたまったふうにまりを見た。

「何？」

「実際のところ、どうなの？　ちょっとは愛してるわけ？」

「誰《だれ》を？」

「誰を、って聞くところがもう」

瑞歩は笑い、ちょうどそのとき注文したものが運ばれてきた。瑞歩の前にはバーボンソーダが置かれる。

「能海《のうみ》センセイのことに決まってるでしょ」

「愛してない。いゝ、いゝ、ちょっとも」

店員が振り返って、発言者をたしかめるようにまりと瑞歩とを見比べた。サービス業として修行が足りない、とまりは思う。

「ちょっとも愛してないのに、どうして料理が上手になりたいの？」

「まあスキルとして。自分のためよ」

「だってその料理は当面、自分とセンセイのために作るわけでしょ」

「まあ、そうなんだけど」

「そうなんだね」

言質《げんち》を取ったというふうに瑞歩は繰り返す。

「一度聞きたいと思ってたんだけどさ」

「はいはい」

「ちょっとも愛してない男と、どうして別れないの？」

予想通りの質問だったし、瑞歩が口にするタイミングとしては遅すぎるくらいだったが、まりは荒々しいため息を吐《つ》いた。どうして誰も彼もが同じことばかり聞くのだろう。私は本当にわからないのに。

「経済的な問題？　まりはそれこそスキルがあるんだから、独立っていうか、自分で事務所を開けばいいんじゃない？」子供もいないんだし、簡単なことじゃない？」

その通りだと思いながら、

「結婚してると、別れるのって簡単なことじゃないのよ」

「またずいぶん一般的なことを言うわね」

瑞歩はせせら笑った。

「私もアナタも、そういうことが簡単にできるタイプだと思ってたわ」

「結婚したことないひとには、わかりません」

「あら、それは失礼」

まりは白ワインを飲み干して、席を立った。とくに尿意《にょうい》があったわけではなかったが、トイレに入ってしばらく座っていた。バッグの中でスマートフォンがふるえ、見ると星野一博からの電話だった。電源を切り、席に戻った。

テーブルの上にはバーボンソーダのグラスがふたつ置かれていた。トイレに入っている間に、瑞歩が勝手に注文したらしい。まりは了解の意を示してそれをぐいと呷《あお》った。

「死んでほしいと思ってるの」

ふっと言葉が口をついて出た。

「はあ？」

瑞歩は大仰に顔をしかめる。

「そうすれば簡単じゃない？　看病なんてしたくないから、実日子先生のご主人みたいに、ある日突然死んでくれるのがいちばんいいわ」

「こわい」

瑞歩はそう言って笑った。とりあえず笑いごとにしてくれたようだった。


よく飲んだ。

終電はとうになくなり、歩いて帰るのが覚束《おぼつか》ないほど酔っ払ったので、まりは瑞歩に続いてタクシーを拾った。住所を運転手に伝えると眠り込んでしまい、マンションの前で起こされた。時計を見ると午前三時に近かった。

アプローチを歩きながら、マンションを見上げた。自宅の窓は暗闇《くらやみ》に沈んでいる。五階と七階にひとつずつ、明かりが灯《とも》っている窓がある。誰が何をしているのだろう。

二十代のはじめ、まだ光一には出会っていない頃、夕暮れて電車で帰宅しているようなとき、車窓から見える家々の窓に灯る明かりを羨望《せんぼう》していたものだった。ああいう窓が自分もほしい、と思っていた。でも、今ならわかる。明かりがついている窓の向こうに、もれなく幸福があるとはかぎらない。

マンションの中に入って、エレベーターのボタンを押したあと、星野一博から電話があったことを思い出した。もちろん、もう眠っているだろう。こんな時間に酔っ払って電話をかけたら、それなりの印象を与えてしまうだろう。そう思ったけれど、まりは電話してしまった。降りてきたエレベーターに乗りこみ、スマートフォンを耳にあてる。

「まりさん?」

驚いたことに呼び出し音が一回鳴るか鳴らないかで星野一博は出た。

「やだ。起きてたの?」

「やだってことはないでしょ、そっちから電話かけといて」

星野一博はあかるく笑った。まるで今が朝の七時であるかのように。

「酔っ払ってるみたいだね」

「そうなの。女友だちと飲んでたの」

「今日は料理教室の日だもんね」

星野一博はいまだにまりが既婚者であることを知らないが、料理教室の日にまりが彼と「会いやすい」ことは知っている。その事実をどのように理解しているのかはわからないけれど。

「もしかして、終わってから少しでも会えるかなと思って電話してみたんだ」

まりは、もう一杯強い酒を飲んだみたいにくらりとした。あんまり素直な言いかただったからだ。エレベーターが五階に着いた。廊下を歩き出しながら「ごめんね」と囁《ささや》いた。

「込み入った相談を聞いたりしてたから」

嘘《うそ》を吐く。瑞歩のオトコ関係はときに込み入っているが、そのことを彼女は面白がりこそすれ悩んだりはしないのだから。

「解決した?」

「しなかった。そういう相談が解決することってないのよ」

「まりさんはなんてアドバイスしたの」

「アドバイス?　ええとね……　〝そんな男、殺しちゃえば?〟って言ったわ」

またあかるい笑い声。もう部屋の前だった。まりはまだ帰りたくなかった。星野一博ともっと話していたかった。

「今どこ?　もう家?」

まりの心を読んだかのように星野一博は聞いた。

「家。ベッドの中」

まりは答えた。ドアを背にして廊下にぺたりと座ってしまう。

「じゃあ安心だ」

「あなたは何してたの？　本当に起きてたの？」

「起きてたよ。仕事しながらまりさんからの電話待ってた。いや、電話待ちながら仕事してたのかな。ていうかつまり、電話待ってた」

「ウフフ」

甘い声が出た。その声を味わうように星野一博は沈黙し、すると背中のドアの向こうで、微《かす》かな音が聞こえたような気がまりはした。でも、気のせいだろう。たまたま光一がトイレに起きて、私がまだ帰っていないことに気づいたとしても、どうとも思わず、用を済ませてすぐにベッドに戻るだろう。このドアの向こうはそういう世界なのだ、とまりは思う。


予想できたことではあったが、翌朝はひどい二日酔いだった。

目は覚めていたが起き上がる気になれず、ベッドでぐずぐずしていて、夫が出かけてしまうのを待っていたのだが、午前九時を過ぎてダイニングへ行くと、光一はまだテーブルに着いていた。

「おはよう」

とくに嫌味っぽくというのでもなく、光一はまりに頷きかけた。でもそういうところがすごく嫌味っぽい、とまりは感じる。

「ごめん。昨日、飲みすぎちゃって」

「そうみたいだね」

まりはすばやく状況を確認する。夫の前にはコーヒーカップ。コーヒーメーカーは使われた形跡がないから、インスタントを作ったのだろう。カップの中にはまだ半分残っている。あれは、二杯目だろう。いや三杯目？　カップの横にはキャラメルコーンの袋が倒れている。朝食代わりにあれを食べたわけか――皿にも取らず、袋に手を突っ込んで。キャラメルコーンを貪《むさぼ》り食べることを私がきらっていることは知っているはずだから、一種のあてつけかもしれない。

「まだ出かけなくて大丈夫なの？」

「一件、明日になったんだ」

まりは頷き、続きを待つが、光一は具体的には言わない。彼の性格からすれば、スケジュールの変更は何度でも口に出して確認するのがふつうだから、何かちょっと不自然な感じがある。

「何か食べる？　パン焼こうか？」

仕方なくまりはそう言った。結局のところこのひとは、私が起きて朝食を作るのを待っていたのだろう、と思いながら。

「いや、いい」

しかし光一はそう言った。

「君が食べるなら焼いたら」

「私は食欲ないけど……」

まりは氷を入れたグラスに水を注《つ》いで、光一の向かいに座った。説教でもしたいのだろうか。だったら私も言ってやる——瑞歩と飲んだくれるのと同じくらい楽しいことが、この家の中には何もないのよと。

「料理教室、楽しいみたいだね」

やはりそういう話か、と思いながら、「何の話？」とまりは聞いてみる。

「いや……今日さ」

「はい？」

「今日の夜、どこかで食事しないか。俺《おれ》の誕生日だからさ」

光一がどういうつもりなのかわからず、だからどういう反応をしていいかもわからず、まりは光一の顔をまじまじと見た。そう言われればそうだった。お互いの誕生日をとくに祝わなくなって数年になるが、例年まりは、すくなくともその日を覚えてはいた。この前の私の誕生日も、彼は何もしてくれなかった、だから私も何もしない、と自分自身に確認する日だった。でも今年は、なぜか頭からすっぽ抜けていた。

これはいい変化だろうか悪い変化だろうか？　というか光一は、私が今年はじめて忘れていることを察知して、この話題を持ち出したのだろうか？　「料理教室、楽しいみたいだね」という謎《なぞ》の前置き（？）には、そういう含みがあったのだろうか？

「どうかな?」

光一が返事を促した。

「いいけど」

と、あいかわらず反応のトーンに迷いながら、まりは答えた。

「俺がご馳走《ちそう》するからさ。欧米だと誕生日の本人が接待側なんだって。店を俺が選んでおくから」

まりは張り子の虎《とら》みたいに頷いた。光一はティッシュを一枚取って手を拭《ふ》くと――キャラメルコーンの油が気になったのだろう――出かけていった。出かけるのを遅らせたのは、まりにこの話をするために違いなかった。


昼食はひとりで、刻んだトマトと氷を入れたつゆで素麵《そうめん》を食べた。つゆは市販品だったが、最近のめんつゆは意外と使えますよと、いつかのレッスンで実日子先生が言っていた通り、なかなかいけた。それで少し二日酔いが回復して、午後は仕事を着々と片付けた。

三時前に光一から電話が入った。彼の外仕事の都合で、直接店で待ち合わせしたいという。了解して電話を切ると、すぐに店の地図がラインで送られてきた。吉祥寺《きちじょうじ》のビストロで、最近できたばかりの店のようだった。

なるべく考えないようにしていたことを、それでまた考えざるを得なくなった。光一はどういうつもりなのだろう。これはどういうイベントなのだろう？

まりは早めに仕事を切り上げて出かける支度をすることにした。支度をしながら考えようと思ったが、化粧はきっちりしたほうがいいのかナチュラルなほうがいいのか、そこから迷うことになった。結局、店——ネットで検索した店内写真そのほか——に合わせて「ナチュラルの上」にした。店だけならナチュラルでも十分そうだったが、光一の真意という不確定要素があるから「上」にしてみた——どういう効果が期待できるかはさっぱりわからなかったけれど。

それから服。服を選ぶことはまりにとって、いつでもある種の鎮静効果があって、問題の解決手段にもなった。どんな服を着ようかと考えることは、その服を着て臨む案件に、どんな自分で対峙《たいじ》しようかと考えることだからだ。でもやっぱり、さっぱりわからなかった。気軽な感じで？　シリアスに？　あかるく？　なにげなく？　どうでもよさそうに？　反省（なんの？）を込めて？　期待（何を？）を込めて？　わからない。どういう態度がいちばん適切なのかも、どういう態度でふるまいたいかも。

まりはふっと思いついて、赤いワンピースを探した。それはクローゼットのいちばん端に掛かっていた。星野一博と最初の食事をしたときに着ていった服——そのために買った服だ。あのデートは楽しかった。あのとき、星野一博と寝る可能性について、はじめて頭に浮かんだのだった（そして現在に至るまでまだ寝ていない、というかキスさえしていないというのは、まり自身驚くべきことではあるが）。

まりはそれを、鏡の前で体にあててみた。それから着た。今更認めるならば、やる気満々のワンピースだ。あの日、これを着ていったことが戦略的に正しかったかどうかはともかく、今日はこれを着ていこう、と決めた。戦略的に正しい。このワンピースは鎧《よろい》だ。そうだ、今日みたいな日は、武装していくのが正しいだろう。何が起きるのかわからないのだから。まりはそう考えて、赤いリップグロスの縁《ふち》を、濃い赤のリップペンシルでなぞった。

店は混んでいた。

まりが到着したとき、予約なしで来たらしい若いカップルが入店できず、残念そうに立ち去るところだった。光一は奥まった席にもう座っていた。黒いポロシャツにベージュのジャケットという凡庸な出で立《た》ち《い》が、逆に浮いて見えた。客の年齢層が若いせいもあるだろう。

「テレビで紹介されたらしいんだよ」

まりが席に着くと、光一は言った。

「アラカルトじゃなくコースを注文したほうが時間がかからないと言われたからそうしたけど、よかったかな?」

まりは頷いた。いいも悪いも、もう注文してしまったならどうにもならない。

「飲みものは?」

「もう頼んだ……ああ、来たよ」

ウェイターが持ってきたのはジンジャーエールとグラスビールだった。このひとのこういうところ、今更ながら本当にびっくりする、とまりは思う。アルコールを受けつけない自分用にジンジャーエールを注文したのはいいとして、なぜ私の一杯目まで勝手に決めてしまうのだろう。

「昔はたいていビールだったろ？　外で食事するとき、一杯目はさ」

まりはさらにびっくりした。まあ言い訳なのだろうが、夫がふたりの思い出話に類することを口にするのはめずらしい。

「じゃあ、お誕生日おめでとう」

まりはグラスを傾けた――そういう名目の会だったということを思い出して。

「うん、どうも」

ふたりはそれぞれグラスに口をつけた。今日は暑かったし、ビールはおいしかった。光一が言う通り、若い頃はどんな店に入ってもまずビールだった。でももう、若くはない。光一が言う「昔」からもう十年近くが経っている。

まりは光一を窺《うかが》った。お誕生日おめでとう。次に何を言えばいいのだろう。年齢のことか？　光一は今日で四十歳になる。四十代に突入した抱負とか？

「四十歳になっちゃったよ」

するとこ光一のほうからそう言った。そうなるとまりは、つまらないことしか言わないひとねと思ってしまう。

「君は秋に三十九歳になるんだよね」

「そうね」

前菜の盛り合わせが運ばれてきた。白いプレートに、生ハムやラタトゥイユや鯵《あじ》のエスカベーシュなど、めずらしくもないものがちまちまと並んでいる。まりは早々に退屈してきた。きれいに盛りつけられているというだけの、どうということのない料理を食べながら、夫と退屈な会話をするためだけに私は今日ここへ呼びつけられたのだろうか。光一はたぶん「夫の義務」というようなもののことを、突然考え出したのだろう。仕事先でそんな話になったのかもしれない。たまには奥さんを連れ出してやれよと、ものがわかったふうなひとに言われたのかもしれない。きっとそうだ。

あっというまに前菜を平らげた光一が、まりを見た。へんな表情だとまりは思う。

「子供のこと、考えてみないか」

まりは黙って、ただ生ハム——しょっぱすぎる——を咀嚼《そしやく》していた。何の話かわからなかったのだ。

「子供をさ、作らないか」

まりは生ハムを飲み込んだ。それから笑って「どういう冗談？」と言った。

「冗談じゃなくてさ。今までちゃんと話し合ったことなかっただろう。今がギリギリのタイミングだと思うんだよ、子供を持とうと思うなら」

まりは再び絶句した。いったいこのひとは何を言っているのか。今日の食事はこのためだったのか。

「ギリギリじゃないわよ、もう無理よ」

「無理じゃないよ、今は四十過ぎてから子供作ってる夫婦は多いよ」

「どこ情報？　誰かに何か言われたの？　っていうかわかってる？　子供を作るためにはセックスしなくちゃいけないのよ？」

光一の顔がこわばった。ちょうどウェイターが、次の皿を運んできたところだった。努力してそうしているとわかる無表情で、黄色いスープが入った小さなカップをふたりの前に置く。

「あけすけだな」

ウェイターが立ち去ると光一は言った。雲がかかったように不機嫌な表情になっている。

「ごまかしようがない事実でしょ」

まりはスープを口に運んだ。かぼちゃのポタージュのようだが、温《ぬる》い。

「したくないでしょ、あなた？」

その温さへの腹立ちとともに、まりは言葉を投げつけた。光一は冷ややかにまりを見た。

「わかった、悪かった」

「悪かったって何が？」

「ちょっとした賭《か》けだったんだ。もういいよ」

「賭け？」

ウェイターが小さなグラタンのようなものを持ってきた。光一は、ほとんど手をつけていないスープを下げさせた。私の態度のせいで食欲が失われたということか。まりのほうは怒りのあまり機械的に食べていた。墓穴でも掘るようにフォークを皿の中に突き立てて、グラタンを口の中に放《ほう》り込む。鮭《さけ》とほうれん草のグラタンだったが、ホワイトソースはおいしくないし、これも温い。

「賭けってどういう意味？」

「まり」

光一は冷ややかな目線の焦点を、あらためてまりに合わせた。

「もう無理だな、僕らは」

「だからそう言ってるじゃない」

「子供のことじゃないよ。もう夫婦を続けていくのは無理だ、そう言ってるんだ」

その瞬間、まりの周囲から音が消えた。まりはグラタンを食べ続けた。このおいしくないものを全部平らげてしまいさえすれば、世界は元に戻るような気がした。そう、今私がいるのは間違った場所なのだ、とまりは考える。とうてい信じられない。とうてい受け入れられない。夫婦を続けていくのは無理だ。それを光一が言いだすなんて。

8

海もいいな、と実日子は思う。

千葉《ちば》の海がいい。なぜ千葉かといえば、暗い、荒れた海の記憶があるからだ。

そこには俊生《としお》と一緒に行った。それ以前、家族や友人と一緒に海水浴に行ったこともたぶん幾度かあっただろうが、思い出すのは俊生と行ったときのことだ。

結婚して二、三年の頃だ。どうしてあの海を選んだのだったか。そうだ、おいしい魚料理を出す民宿を、誰かに教えてもらったのだった。ところが二泊三日の滞在期間が台風とぶつかって、時化《しけ》で魚は獲《と》れなかった。干物や烏賊《いか》の塩辛だけで十分だと言ったのだが、それではお金は取れないからと、宿のひとは鶏の唐揚げや麻婆豆腐《マーボーどうふ》をせっせと運んできた。それがあんまりおいしくなかったことが、残念というよりひどく可笑《おか》しかった。食べながら、何度も顔を見合わせて、笑い合った。

到着した日から海には遊泳禁止の看板が立てられていた。ずっと宿にいて、吹き荒れる雨と風と、黒い砂と黒い海を見ていた。ときどきこっそりと――昼日中からそんなことをしていると、宿のひとに気づかれないように――セックスした。一度だけ、雨が弱まったときに外に出た。誰ひとり歩いていない、開いている店も一軒もない海辺の町を、固く腕を組み、強風によろめきながら一周した。そんな自分たちがおかしくて、終始、笑っていたような気がする。幸福だった。帰りがけ電車の中で俊生が「海に入れなかったなあ」と呟いたとき、そういえば泳ぎに来たのだったとあらためて思い出したくらいだった。

あの海がいいな。

実日子は思う。

十一月の今はもう台風は来ないだろうけれど、やっぱり浜にはひと気がないだろう。黒い砂が足裏でじゃりじゃり鳴る音が聞こえるだろう。海水はきっととても冷たいだろう。

実日子は首をゆっくりと回してみる。

ひと晩寝れば治っているだろうと思ったのに、昨日よりも痛む。首から頭の付け根にかけて、間歇的《かんけつてき》に割り箸《ばし》をぐいと差し込んでゆっくり引き抜かれるような、今までに経験したことのない、いやな、強い痛みがある。痛みはじめたのは昨日の昼頃からだ。パソコン作業をしているところだったから、目の疲れのせいか、あるいは気づかないうちに首をへんなふうに捻《ひね》ったのだろうか。

とにかくこれではたまらない。

午前九時を少し過ぎたところだった。実日子はコーヒーを飲み干してから、そのカップの横にあるスマートフォンをしばらく眺めた。それからおもむろにそれを手にして、電話をかけた。相手はアシスタントのゆかりだった。

「はーい、よく眠れましたか?」

明るい声が返ってくる。きっとゆかりの中にはチューナーみたいなものがあって、実日子からの電話に応答する一瞬前に、それを細心に調整しているのではないかと実日子は考える。

「今夜の件ですよね? 出版社からのお迎えの車、先に私の家にも寄ってくださるそうです」

だから十センチのハイヒールでも大丈夫ですよ、私が横で支えますから。ゆかりはそう続けてハハハと笑った。今夜は実日子がレシピブックで受賞した賞とほかの幾つかの賞を合わせて、出版社主催の授賞式と披露パーティがあるのだった。

「そのことなんだけど……」

と実日子がおずおずと言うと、

「えっ。だめですよ、出席しないと」

とゆかりがすかさず返したので、実日子は心中で苦笑した。

「出席はするつもりよ。ただね……首が痛いの、ちょっと異常なくらい。捻ったかどうかしたんだと思うけど……」

「病院行ったほうがいいレベルですか？　付き合いますよ」

「病院に行っても、すぐには治らないと思うのよね。お薬とか湿布が出るだけで」

「まあ、そうですけど」

ゆかりは不審そうな口調になった。実日子が電話してきた目的を図りかねているのだろう。実日子はもちろん、自分の心についてはちゃんとわかっていた。

「……弟さん、今日は時間あるかしら？」

「ああ！」

ゆかりがいかにも納得がいったという声を上げたので、実日子は恥ずかしくなった。

「そうですよね、鍼《はり》がいいですよね。即効性がありますもんね。電話してみます。待っててくださいね。折り返しすぐ電話します」

電話を切ると実日子はその場で固まったようになって待っていた。立ち上がったり移動したりすると、その瞬間に「勇介《ゆうすけ》は生憎《あいにく》今日は都合が悪いそうです」という電話がかかってくるような気がしたのだ。

勇介は今日、ここへ来て施術する時間はあるかもしれない。だがそれでも「都合が悪い」と姉に言うかもしれない。その可能性のほうが大きいだろう。勇介を誘惑して拒絶されて以来、彼と会っていない。以前のようにスタジオに突然訪ねてくるというようなこともなくなった。彼はきっと怒っているのだろう。あるいは呆《あき》れ、失望したのかも。そう考えているのに、施術という名目で勇介を呼び出そうとしている自分を、なんてずうずうしい女だろうと実日子は思う。だがどうしても勇介に会いたかった。今日会わなければ、もう二度と会えないかもしれないのだから。

電話が鳴った。

パウダールームで実日子は着ていた服を脱ぎ、スウェットパンツとタンクトップを身につけた。ブラは取ってくださいと初回のときに言われていたから今回もそうした。前回同様に厚地のタンクトップを選んだが、鏡に映すと乳首のかたちがうっすらと見えた。前回もそうだったはずだが、まったく気にも留めなかった——そもそも鏡を見もしなかったのだろう。実日子はあまりあからさまには見えないように腕を組んでそこを隠し、寝室へ戻った。

床の上にはすでに、勇介が持参したマットレスが敷かれていた。そして彼は空色の診療着を身につけていたが、それは実日子がはじめて見る姿だった。前回の施術のときには彼はTシャツにデニムという、やってきたときのままの姿で施術したのだ。今日は違う。きちんと鍼灸師《しんきゅうし》としての姿をしている。そのことにはやはり意味があるのだろうか。彼は今日、ゆかりからの呼び出しに応じて、来てくれた。だがそれはあくまで鍼灸師として来たのだ、と言いたいのかもしれない。

「どうぞ。俯《うつぶ》せになってください」

勇介が言った。それは今日、彼が実日子に向かって発した四つ目の言葉だった。最初が「こんにちは」で、次が「急にごめんなさい」という実日子の言葉に応じた「いいえ」、それから「お願いします」に対しての「はい」。診療着のことを考えるまでもなく、はっきりしているではないか、と実日子は思う。

実日子はマットレスの上に俯せになった。ややあって、勇介の手が首に触れた。

「痛むのはこの辺ですか？」

「もう少し下かしら……うん、そこ。その辺り」

「ここ圧《お》すと痛みますか？」

「そうね、痛むわ。でも圧されても圧されなくても、あんまり関係ないみたい」

「筋ではないみたいだけどな」

会話（？）はそこで途切れた。実日子は目を閉じた。前回も——はじめて勇介に会ったときもこうだった、と考える。施術中にぺらぺらお喋《しゃべ》りなどしなかった。初回だったから、体調のことなどもう少し喋ったかもしれないが、私は頭の半分でべつのことを考えていた。あれはどのくらい前のことだったろう？　五月だった。とすれば半年前か。半年。あのとき、俊生が亡くなってから約一年後だった。そうして、勇介という男を知ってから半年が経ったのだと、実日子は考えた。

施術が終わってから着替え、二階に上がると、勇介はキッチンカウンターの椅子《いす》に掛けていた。彼と一緒に来たゆかりが、カウンターの中でお茶を淹《い》れている。実日子はダイニングの、勇介から遠いほうの椅子に掛けた。

「どうでした？　少しは楽になりましたか？」

中国茶とドライフルーツを盆に載せて、実日子の向かいに掛けながらゆかりが聞いた。

「ええ、いくらかマシになったわ」

実際には、あまり痛みが軽減したようには感じられなかったのだが、実日子はそう答えた。

「今夜、大丈夫そうですか？」

「大丈夫。首を使う場面はあまりなさそうだし」

あはははと、ゆかりはややわざとらしい笑い声を立てた。

「あのワンピース、着るんですよね？」

「そのために買ったんだもの。びっくりするほど高かったし、あの服」

「ですよね」

そこでゆかりは勇介のほうをちらりと見た。弟が会話に加わってこないことが気になったのだろう。

「勇介、実日子先生が今日のパーティで着るドレス、あんたの月収くらいよ」

「へえ」

勇介はそっけなく返答した。

「そこまで高くないわよ」

実日子はどちらにともなく言った。ゆかりが勇介の応答を待ったせいだろう、間ができた。

「精神的なものじゃないですか」

勇介が言った。

「えっ？」

不意を突かれて実日子は彼の顔をまともに見てしまった。勇介は無表情で見返した。

「凝ってるは凝ってるけど、通常通りっていうか、以前触ったときより悪くなってる感じはないんですよ。ストレスのせいで痛むような気がするんじゃないのかな」

「気のせいって……そんなことってあるの？」

ゆかりが聞いた。

「あんまり詳しくないけど、話には聞くよ。ヒステリーの一種っていうか」

「ヒステリー？」

ゆかりは眉《まゆ》を寄せて実日子を見たが、実日子は曖昧に微笑《ほほえ》んだ。ヒステリー。たしかにこの痛みには何か奇妙な感じがあって、そうだと言われればそうなのかもしれない。だが、俊生を失ったことでのそれだというなら、今は違うような気がする。あのことを決めて以来、心はずっと楽になっているのだから。とすると勇介にかんすることでヒステリーを起こしているのだろうか。だとすれば——なんとまあ、私の心は浅ましいものだ。どうしてそんなにいつもいつも——そのうえ、此《こ》の期《ご》に及んで——ほしがってばかりなのだろう。

「お昼ごはん、食べていく？」

実日子は聞いた。ほかに言うべきことを思いつかなかったのだ。ゆかりはまた弟のほうを窺った。

「いや、僕は帰ります」

来たときからずっと口の中にあった言葉をようやく取り出すことができたというふうに、勇介は言った。

黒地にいろんな色のドットをネオンみたいに散らした柄の、膝下丈《ひざしたたけ》のすとんとしたワンピースは、ゆかりに連れられていった青山《あおやま》のセレクトショップで買ったのだった。授賞式に何を着ていくんですかと問われて、適当にあるものを着ていくわと答えたら、そんなのはつまらない、主役なんだから新調しましょうよと力説されて、そういうことになった。十センチは大げさだけれど、服に合わせて、ピンヒールのショートブーツも買った。

昼食は結局ひとりで——ゆかりなりの気の遣いかただろう、彼女も勇介と一緒に帰っていった——、鯖缶《さばかん》を使ってスパイスを効かせたカレースープを試作して、ごはんにかけて食べた。後片付けをして少し仕事をして、支度をする時間にはまだ早いが、実日子は服を着替えてみた。

靴を履き、アクセサリーも身につけて、実日子は鏡の前に立ってみる。店で試着したときには、店員もゆかりも叫ばんばかりに褒《ほ》めてくれ、自分でも素敵だと思ったのだが、今はなんだかしっくりこなかった。思いついて、口紅も塗ってみる。それでも鏡に映っている女のことを、あまり素敵には思えなかった。似合っているぶってる、と実日子は思う。気に入っているぶってる。楽しんでるぶってる。きっと授賞式に来たひとたちには、それがわかってしまうだろう。

鏡の前で横を向いたりちょっと笑ってみたりしていると、以前、そうやって迷っているときにかぎって俊生がこっそり覗《のぞ》きにきて、実日子が気づくまでニヤニヤしながらじっと眺めていたりしたことを思い出した。この服を彼は知らない。実日子は不意にそう思った。俊生がこの服を着た私を見ることは決してないのだ。そのことは俊生の死後に実日子が経験するようになった、小さな驚きのひとつだった。驚き——不意打ち、と言ってもいい。俊生はもう、いないのだということ。そんなことはとっくにわかっているのに、いつまでたってもいちいち足をすくわれる。一体いつまで続くのか——もちろん、私が彼のそばへ行くまで続くのだ。

実日子はクローゼットを掻《か》き回して、何年か前に買ったブラックドレスを引っ張り出した。着てみると、そちらのほうがずっと落ち着く感じがした。これでいい。少なくとも、自分自身の気分はさっきよりもマシだった。友人のお祝い事や、あらたまった会食の席に何度か着て行ったことのあるドレスだった。隣にはいつも俊生がいた。このドレスを俊生は知っている、と実日子は思った。

山もいいな、と実日子は思う。

山には、あまり具体的なイメージはない——登山などというものにはずっと無縁だったから。

それで実日子は、おそらく映画かニュースの画像で見た冬山を思い浮かべる。切り立った崖《がけ》、凍った雪でつるつる滑る地面。雪崩《なだれ》。

いや、山に登ったこともないのに、そんな危険な場所までひとりで行くことなどできないだろう。いやいや――できないことはないのではないか。足があるのだから、登っていけばいいのだ。そのときいる場所から、一歩ずつ。山には門もないし鍵《かぎ》もないだろう。それとも日本中のすべての山には、私のような人間の入山を警戒する関所のような場所があるのだろうか。それなら（滑稽《こっけい》なことではあるけれど）登山者のスタイルをしていけばいい。最低限のそんな装備を揃《そろ》えるための時間は愉《たの》しめそうだ。だってそれは俊生に会いに行く準備なのだから。登山靴にチェックのシャツ？　大きなリュック？　彼は私を見て、笑うだろう。

そう。一歩ずつ、登っていく。ひとのいないほうへ、いないほうへと、登っていけばいい。そうして、一歩ずつ、近づいていく――俊生のそばへ。できないことはないはずだ。できるに決まっている。私たちはいつだって一歩ずつ歩いているのだから。俊生と出会ったときから、私たちの日々は一歩ずつ、彼の死に向かって近づいていた。知らないうちにそうなっていた。だから今度は私は自分の意思で、同じ道を辿《たど》る。俊生の元へ。

ドレスは好評だった。

会場で知り合いに会って褒められるたびに、ゆかりのほうが大はしゃぎで、一緒に買い物に行ったことやブランド情報などをいちいち披露するので、実日子はずっと苦笑していた。

結局、新調したワンピースを着たのだった。出かける間際にそういう気持ちになった。なぜだかはよくわからない――ゆかりへの気遣いとともに、何かさばさばした感情の動きがあったように思う。ぶっ、て、たってべつにいいじゃない。きっとそう開き直ったのだ。すぐに傍生のところに行くんだから、と。いっそ、すでに体の半分はそちらにあるような気もしていた。だからこちらの半分が、どんなふうに見られたってかまわない。もう寂しくも悲しくもならない。

都心の大きなホテルのイベントルームで授賞式は行われ、その隣の大広間が披露宴会場だった。立食形式のパーティだったが、実日子はほかのふたりの受賞者たちとともに前方の椅子に座らされた。ゆかりが食べやすいものを皿に取って持ってきてくれたが、相変わらず首がひどく痛くて、ほとんど食欲を感じなかった。それに実際のところ、お祝いを言いに来るひとたちが各受賞者の前に長い列を作っていたから、箸を手にする暇もなかった。実日子は挨拶《あいさつ》を返し続けたが、それは半ば機械的な反応で、実質的には首の痛みに閉じ込められたようになって、厚い半透明の痛みの膜の中からぼんやりと会場を眺めていた。

たくさんの男と女が歩きまわっていた。出席者のほとんどは出版関係者だろう。パーティではあるけれど、彼らにとっては仕事の一環であり実際仕事帰りでもあるわけだから、きらびやかな出で立ちのひとは少ない。女性はそれでも、スーツにパールのネックレスをあしらったり、パンツにきれいなブラウスを合わせたりしているけれど、男性はジャケットの下にTシャツを着ていたり、トレーナーにデニムといったラフな格好のひともいる。若いひともいれば年配のひともいる。いっそ場違いのように見えるイブニングドレス姿の、髪も化粧も完璧《かんぺき》に作り込んだ女性たちは、この界隈《かいわい》のバーやクラブのひとたちで、営業の一環としてこうしたパーティにやってきている。

なんてたくさんの、いろんなひとたちがここにいるんだろうと実日子は思う。何事かを真剣な顔で話し込んでいるひとたち、おかしなほど機敏な動作で名刺交換しているひとたち、皿に山盛りに取った料理を、ひとりで黙々と食べ続けているひと、森の小動物みたいにするすると会場を移動していくひと、キャーキャー騒ぎながら、写真を撮ったり撮られたりしているグループ。あのひとりひとりの胸の内を開いてみることがもしできれば、誰かを愛したり誰かを失ったり、思い出したり忘れようとしていたり、幸せだったり絶望していたり、そうした自分の状況と折り合っていたり折り合うことを放棄していたりするのだろうか。あるいは私が今しているような決意をしているひと、かつてそういう決意をしたことがあるひともいるのだろうか。

実日子は自分がひとりぼっちであるような感じがした——この大勢の招待客がひしめいている部屋の中で。けれども同時に、このひとたちもみんなひとりぼっちなのかもしれない、という考えも浮かんできた。彼らの服をはぎ取り、皮膚をはぎ取り、心も外側から一枚一枚剝《は》いでいったら、梅干しの種の中の「天神様」みたいなものがあらわれて、そこではみんなひとりぼっちなのかもしれない。どうしてそんなふうに感じるのかはわからなかったし、奇妙なことではあったけれど、それで実日子は、少し心強くなるような気もした。

係のひとが呼びに来て、実日子は壇上に立った。受賞者のスピーチをこの場所で順番にすることになっていて、実日子がトップバッターだった。

実日子はあらためて人々を見渡した。一段高いところからだと、さっきよりもたくさんのひとが見えた。さっきよりもたくさんのひとりぼっち。実日子はそう思い、そのことに促されるように、唇を開いた。

喋ることは考えてあった。「このような賞をいただき、信じられない気持ちとともに、大変嬉しく、光栄に思っています」とはじめるつもりだった。それまで喋ったり笑ったり食べたりしていたひとたちがいっせいに自分を注視しても、実日子はアガったりはせず、昨夜考えてパソコンでざっと打ち込んでもみたスピーチはほとんど一字一句ちゃんと頭の中にあった。だが、実日子の唇は突然、

「私は夫を亡くしました」

というふうに動いた。

「去年の四月のことです。一年と半年が経ちました」

と実日子は続けた。

二次会は、貸切にした青山のダイニング・バーで行われた。その会の半ばには実日子はすっか

り酔っ払っていた。

スピーチで俊生の死を明かしてしまったことが原因だった。もちろん実日子の周囲のひとたちには周知の事実だったけれど、公に発表していなかったから、初耳だったひとたちもあの会場には多くいたのだった。それにすでに知っていたひとたちも、これまでずっと人前ではその事実がなかったかのようにふるまっていた実日子が、突然スピーチの最初で言明したことに驚いたようだった。結果的に、実日子は推測され、気遣われ、腫《は》れ物に触るように扱われることになり、当事者の対応策としてワインの杯を重ねることしか思いつかなかった。

「よかったですよ」

とゆかりは言っていた。二次会へ移動するハイヤーの中でのことだ。「俊生の死を公にしたこと」という主語を省いて彼女は喋った。

「よかったと思ってます、私は。なんかちょっとほっとしました」

と。

この店には三十人ほどが集まっていた。テーブルとカウンターに、思い思いに散らばっている。実日子は途中まではゆかりと一緒に各テーブルを回って挨拶したり談笑したりしていたが、すっかり酔っ払った今は奥まったテーブルから動かずソファに体を沈めている。ゆかりはさっきスマートフォンに何か連絡が入ったようで、席を立っていた。

「進歩なのかしら?」

あいかわらずの首の痛みに顔をしかめながら、実日子は呟く。同じテーブルに着いているふたり——カメラマンの男性と、雑貨スタイリストの女性——が、ふたりでしていた話をやめて、実日子を見た。

「進歩してるのかしら、私？」

「進歩っていうか、進化でしょう」

実日子の質問の意味を取り違えたのか、あるいは取り違えたふりをすることにしたのか、カメラマンが言い、「進化してますよねえ〜」とスタイリストが応じた。今まで知らなかったし当人たちも隠そうとしているけれど、このふたりは間違いなく体の関係があるわね、と実日子は脈絡のないことを考えた。それから「進化」ということについて思いを馳《は》せた。

ゆかりが戻ってきて、実日子の耳に口を寄せた。

「勇介が、来てもいいかって言ってるんですけど……」

「ここに？　いいけど、もうそろそろここを出ないといけないんじゃない？」

「っていうか、来てるんです、もう」

ゆかりの顔の動きに従って店の入口のほうを見ると、勇介がぽつんと立っていた。ドアボーイ然と見えるのは、黒いスーツを着ているせいもある。ちゃんとワイシャツを着てネクタイも締めている。見慣れないせいもあるのだろうが、ひどくちぐはぐな感じがした。

実日子はそちらへ歩いていった。ゆかりはちょっと考えるふうだったが、ついてこないことにしたようだった。酔っているので足元がふらつき、それを隠そうとすると勇介までの距離がひどく遠く感じた。

「どうしたの?」

実日子は言った。酔っ払っていてよかったと思った。どんな口調でも、どんな表情でも、酔っ払っているせいだと思ってもらえそうだ。

「お祝いを言いたくて。今朝、言うのを忘れたから」

「忘れたの? 口を利きたくなかったからじゃなくて?」

「はっ」

勇介は太極拳《たいきょくけん》のポーズをとった。通りかかったウェイターがぎょっとしたように振り返る。実日子は笑った。

「太極拳って便利ね。私も覚えようかな」

「首、痛むんですか」

勇介がそう言ったのは、実日子がまた顔をしかめて首に手を触れたせいだろう。

「ちょっと、座って」

勇介は実日子の背中を押してカウンターのスツールに座らせた。自分は座らず、背後に立った。この時間、カウンターにはもうほかに誰も座っていなかった。テーブル席に座っているひとたちから、自分と勇介はどのように見えているだろうかと実日子は思った。だが実日子の位置から見えるのはカウンターの前に並んだ酒瓶とグラスだけだった。首を回せば見ることができるが、そうすると勇介と向かい合ってしまう。実日子は再び、閉じ込められているような心地になった——痛みと酔いと、それになにかほかのものとで。

「失礼」

と勇介が言って、髪に彼の手が触れた。それから首に。何か言わなくちゃ、と実日子は思った。鍼で、という言葉が浮かんだ。海、山、それにそのことも考えていた。というか、勇介に今度会ったら聞こうと思っていた。聞いてやろうと思っていたのだ。鍼でひとは殺せる？　と。「必殺仕掛人」みたいに、ひと刺しで、私を楽に死なせることはできる？　と。でも実日子は今、それを言う気にはならなかった。

「すごく痛いのよ」

かわりにそう言った。

「死ぬほど痛いの。痛くて死にそうなの」

「これは帯状疱疹《たいじょうほうしん》ですね」

「帯状疱疹？」

ウィルスで……神経に沿って……免疫力が落ちているときに……というような説明を勇介ははじめたが、実日子は実質的に聞いてはいなかった。ただ首に触れる勇介の指を感じていた。

「治してよ、鍼で」

「これは病院に行かないと。抗ウィルス薬を飲めば治りますから」

「治してよ」

実日子はくにゃりと体を曲げて、カウンターに片頬《かたほお》をつけた。その動きで、勇介の指が離れた。

「私の夫、死んだの。去年の春にいなくなったの」

勇介の指が再び、首筋にそっと触れるのを実日子は感じた。

9

光一の部屋は光一の匂《にお》いがした。

そうだ、これは夫の匂いだ、とまりは思った。これまで、なるべく近づかないようにしていたとはいっても、必要に応じてこの部屋に入ったことはもちろん何度もあり、それなのに夫の匂いを今更認識するのは奇妙なことだった。これまでは感じないように知覚を閉ざしていたのかもしれない。とすればどうして今、彼から「もう夫婦を続けていくのは無理だ」と言われたときになってその匂いを感じるのか——それもわけのわからないことだった。

午前九時少し前。光一はすでに出かけている。いつものように朝食後、家を出て、予定通りであれば午後四時過ぎまでは帰ってこない。まりは慎重を期して、彼が忘れ物を取りに帰ってきたりする可能性がない時間まで待って、夫の部屋に忍び込んだ。忍び込む。これも、奇妙な感覚だった。これまではずかずか入っていたのに。

実行するまではためらいがあった。こんなことはするべきではないと思っていた。倫理的に、ということではなく、自分という女には似つかわしくない行為だと思えたから。まるで嫉妬《しっと》にくるった妻みたいではないか。とうとうがまんできなくなって、今日、この部屋に足を踏み入れているわけだが、嫉妬にくるってなど、断じていなかった。ただ、まりは知りたかった――「もう夫婦を続けていくのは無理だ」などという言葉を、彼のほうが先に口にした理由を。恋人ができたと考えるのがいちばん妥当だから、その証拠を見つけるつもりだった。

まずはデスクに向かう。なんの変哲もないスチールの事務机。前の家からここに引っ越してきたときに、デスクを新調するというから、奮発して北欧ふうの両袖《りょうそで》机でも買うのかと思っていたら、たんにそれまで持っていたスチール机よりひと回り大きなものを買っただけだった。その机の上には書類が細かく分類されたラックと、デスクトップのパソコンと、青いテープカッター、緑と黄色とピンクのマーカーが目立つ筆立てなどが載っている。つまらないデスクの上の、つまらないものたち。

パソコンにはほとんど期待していなかった。ロックもかかっていないし、仕事上、まりが勝手に使うこともあると光一は知っている。いちおうメールソフトをチェックし、ファイルを調べたが、不審なものは見当たらなかった。ラックの書類をざっとあらため、ラブレターのようなものが挟み込まれていないかをたしかめる。抽斗《ひきだし》も全部開けてみた。わかったのは、光一という男が本当に無味乾燥な、まさにこのスチール机か、抽斗の中の文房具のひとつみたいな男であるということだけだった。

それでもまりはあきらめず、デスクと反対側の壁に据えられた本棚——これもスチールだ——にとりかかった。小説の類《たぐい》は一冊もなく、マニュアル本とビジネス書と使い終わった資料や書類が詰め込まれている。それらの隙間をたしかめ、書類の袋を開けた。次第におかしな情熱が亢進《こうしん》してきて、本を抜き出してその後ろをたしかめ、一ページずつ丹念にめくることまではじめた。すべての本を調べ終わったときには、正午近かった。

何もない。見つからない。女がいるとしたって、光一は細心の注意を払って証拠となるようなものを隠しているだろう。女とのあれこれは、いつも持ち歩いているタブレットと、スマートフォンの中だけに収めているのだろう。まりは自分をそう納得させて、立ち上がった。部屋を出ようとしたとき、ゴミ箱の存在に気がついて、発作的に中身を床の上にぶちまけた。

ほとんどが紙類だった。コピー用紙やファクス用紙、そうでなければまるめたティッシュペーパー。まりはあらためて床にしゃがみ込み、それらを選《え》り分《わ》けはじめた。気がつくと指先がベタベタしていて、それはゴミの中に混じっていたキャラメルコーンの食べクズのせいだった。スナック菓子の袋はキッチンの分別ゴミのほうに捨てるように何度言っても、光一は面倒くさがってここに捨てる。そのうえ逆さまに放り込んでいるから、クズがゴミ箱の中に散らばっているのだ。

「もう！」

まりは空になったゴミ箱を摑《つか》んで、床に叩《たた》きつけた。プラスチックのバケツ型のそれは頼りない音をたててはずんで、本棚のほうへ転がっていった。まりはのろのろと立ち上がって拾いに行き、ゴミを中に戻した。甘ったるいスナック菓子の匂いにいっそう気分を滅入《めい》らせながら、気がついた。光一に恋人などいない。九十九パーセントそれはない。夫が私と別れようとしているのは、私のことがきらいだからだ。ただそれだけだ。


午後四時を少し過ぎて、ドアの鍵を回す音が聞こえた。

光一が戻ってきたのだろう。まりは自分の机で、キーボードを叩きながら耳をすませた。家の中に入ってくる足音がする。まっすぐに自室に向かっている。ドアが開き、閉まる音はしない。何かを置きに行ったのか、取りに行ったのか。間もなく出てくる。キッチンへ向かったようだ。水の音。手を洗っているのだろう。キャラメルコーンはゴミ箱の中に散らばすくせに、黴菌《ばいきん》とかウィルスとかを警戒する男なのだ。いったん止まった水の音が、また聞こえてくる。インスタントコーヒーでも作っているのだろうか。椅子を引く音。しばらくダイニングに留《とど》まるのかもしれない。

しばらくしてから、まりもダイニングへ行った。呆れたことに光一はカップ麺《めん》を啜《すす》っていた。傍らには週刊誌がある。そのページから目を上げてちらりとまりを見、すぐに目を戻した。

「田辺《たなべ》先生から電話があったわ。急ぎではないみたい。あとこれ、ファクス」

まりがファクスをテーブルの上に置くと、光一はそれを見もせずに「うん」と頷き、週刊誌を読み、カップ麺を食べ続けた。今そんなものを食べて、夕食はどうするつもりなわけ？　いつもの時間に、いつもと同じくらい用意してもいいの？　まりはそう思ったが黙っていた。これまでなら間違いなく、非難まじりに口にしていた。だがもう聞かない。「夫婦を続けていくのは無理だ」発言以後、夫とは口を利かないことにしているからだ。もちろん、家が職場でもある以上、沈黙を通すというのは不可能だが、仕事以外の会話はしない、すくなくともこちらからは話しかけない、と決めている。

まりはキッチンへ行き、やかんに水を足してコンロにかけた。隠れているように思われたら癪《しゃく》なので、ダイニングへ行き、光一の向かい側に座ってお湯が沸くのを待った。新聞や雑誌を読むでもなく、スマートフォンをいじるでもなく、頬杖《ほおづえ》をついて夫の頭頂部あたりを眺めた。このほうが、より「会話を拒絶している感」が強調されるだろう。まりが同じテーブルに着いてから、光一はまったく顔を上げなかった。お湯が沸き、ハーブティーを淹れて戻ってきたときには、もう夫の姿はなかった。

その日の夕食のメインは、スペアリブを使ったカムジャタンにした。そのつもりで材料を買ってあったからだ。茄子《なす》と春菊、二種類のナムルを盛り合わせた皿をテーブルに運び、椎茸に小麦粉と卵の衣をつけて焼いた「ジョン」もできあがったところで、インターフォンのボタンを押した。六時半。いつもの夕食の時間だ。

まりが二回目の呼び出しをかける前に部屋から出てきた光一――「夫婦を続けていくのは無理

だ」発言以後、なぜかあまり待たせなくなった――は、テーブルを一瞥《いちべつ》するなり「うわ」と小さく呟いた。まりは無視して、缶ビールのプルトップを開けた。無言のままそれを飲み、まだぐつぐつしている土鍋《どなべ》からカムジャタンを自分の器によそった。じゃがいもを食べ、スペアリブに取りかかろうとしてふと気がついて、キッチンに立ち、ハンドタオルを濡《ぬ》らして絞ったものをふたつと、肉の骨を入れるためのボウルをひとつ持って戻った。ボウルは鍋の横に置き、ハンドタオルのひとつを光一の前に置いた。そしてあらためてスペアリブに齧《かじ》りついた。よく煮込んであるので肉が骨からほろりと外れる。おいしい、と思った。この料理は実日子先生の料理教室のウェブサイトに載っていた、過去の記事を参考にしたのだった。すごくおいしい。上手にできた。もちろん声には出さない。

光一は茄子のナムルをほんの少しと、椎茸のジョンを一枚、自分の皿に取った。それから、思い出したように立ち上がり、カウンターの上の炊飯器からごはんをよそい、茶碗《ちゃわん》を持って戻ってくる。光一のごはんはこれまで、食事の開始とともにまりがよそって光一の前に置いていたが、日常会話の拒絶とともにそれもやめていた。

光一はぼそぼそと食べはじめる。カムジャタンは食べないつもりかしら。二本目のスペアリブを取りながらまりは思う。さっきのカップ麺がまだ胃袋を占めているのだろう。こんなにおいしいのに。じゃがいもだけでも食べればいいのに。スープだけでも、ごはんにかけて食べれば、きっと彼が好きな味なのに。

これまではそういうことを口に出していた——苛立《いらだ》ちながらだったり、嫌味っぽくではあったりしても。まりはあらためて驚いた。喋っていたのだ、光一と、そんなにたくさん。スープだけでも飲んでみたら？　ごはんにかけるとおいしいわよ。そんな言葉を夫に向かって発していたのだ。そして夫は、うん、と頷いてスープを試して、うまいな、とちょっと恥ずかしそうに笑ったりしたのだ。大きらいな男との間に、そういう日常があったのだ。

光一は結局、カムジャタンには箸をつけなかった。まりが二本目のスペアリブを食べ終わる前に黙って立ち上がり、自分が使った食器を持ってキッチンへ行った。まりの背中に、水音が聞こえてくる——会話をしなくなるとともに（あるいは「もう夫婦を続けていくのは無理だ」宣言とともに）、光一は自分の皿を自分で洗うようになった。

使われなかったカムジャタン用の器だけが、彼の席の前にぽつんと残されていた。

十二月の料理教室のメニューはクリスマス仕様だった。

ローストポークをメインに、牡蠣《かき》と葱《ねぎ》のグラタンや帆立《ほたて》のムース、かぼちゃのポタージュ。生徒が揃ったときにはすでにオーブンに入れてあったローストポークが取り出されると、わーっと歓声が上がる。今日の参加者はまりと瑞歩を入れて八人で、このコースを取っている全員がめずらしく揃っている。やっぱりクリスマスだからだろうか。みんな自分の家で、クリスマスパーティをするんだろうか、とまりは思う。

「切る前に、しばらく休ませておきますね。すぐ切ると肉汁が出ちゃうから」

実日子先生はそう言いながら、肉と一緒に天板に載せて焼いた野菜の中から、マッシュルームをひとつ摘《つま》んで、口に入れる。

「ん、おいしい」

何人かが笑った。実日子先生のそのふるまいが、なんだか妙にナイーブだったせいかもしれない。今日も実日子先生はあかるいが、この前のような違和感はない。

「では、豚肉を漬けこんでおいたリンゴで、アップルソースを作りますね。リンゴのおかげでお肉が柔らかくなるし、おいしいソースになるし、これはとってもすてきなレシピなんです」

すべての料理が出来上がり、配膳の前に手を洗いに行ったとき、洗面台の前でまりは瑞歩とたまたまふたりきりになった。

「どうなの？」

とまりは瑞歩に囁いた。

「どうなのって何が」

「作るの？　クリスマスメニュー。どっかで」

「作るわけないじゃない。今日ここで食べれば十分。そっちこそどうなの？」

「作ろうかな」

「げ。毒でも入れる気？」

ははっ、とまりは笑った。

試食会がはじまった。まずは料理の感想や、それを受けてのレシピの補完や、コツのおさらいなどが応酬されて、それからいつもどおりに実日子先生が「最近、変わったことがあったひといる？」と水を向けた。「はいはいはい！」と、例の真行寺《しんぎょうじ》さんというひと（光一とほとんど同じかそれ以上にとんでもない男と付き合っているひと）が手を挙げた。

「あのですね、彼がいなくなりました」

えーっと声が上がる。まりも思わず耳を傾けた。真行寺さんの恋人は、何かのトラブルに巻き込まれたらしい。どういうトラブルなのかはわからないが、おそらく自業自得の結果だろうと真行寺さんは思っていて、とにかくそれで、彼は身を隠す必要があるらしい。真行寺さんとはある日連絡が取れなくなって、とうとう逃げられたかと思っていたら、数日前にラインにメッセージが届いたらしい。

「沖縄《おきなわ》にいるらしいです。ほとぼりが冷めたら呼ぶからって」

「呼ぶ！」

瑞歩が声を上げ、ざわめきが起きる。

「呼ばれたら行くつもりなんですか？」

実日子先生が聞いた。

「いやいや。沖縄には実日子先生の料理教室ないし」

真行寺さんは手をひらひらと振ったが、

「行く気満々に見えるんだけど」

と瑞歩が言って、笑い声が起きた。きっと行くのだろう。まりも思った。

「私、話してもいいですか」

真行寺さんの話が終わると、めずらしく瑞歩が名乗りを上げた。

「二股を、かけてたんですけど」

どっと笑いが起きる。ここのみんなにとっては初耳だろうが、もちろんまりは知っている。というか、以前のあの男とやっぱりまだ別れていなかったのか、と思ったわけだけれど。

「最近、ひとりのほうに傾いているんですよ。いいのかなって思ってて」

「傾いた理由があるんですか？」と実日子先生が聞き、「あるんですよ、それが」と瑞歩は言う。その男と鰻屋《うなぎや》に行った話をはじめる。これは、まりも初耳だ。昼、浅草《あさくさ》のけっこう高い老舗《しにせ》に入ったのだという。松竹梅の「竹」のうな重をそれぞれ頼んだ。鰻の蒲焼《かばやき》はふた切れ載っていた。あまり考えずに食べていたら、ごはんが半分以上残ってしまった……。

「そしたら彼が、自分の鰻を私の重箱に入れてくれたんですよ。彼、すごい大食漢で、鰻が大好物なのに。それが理由なんですけど、それってどうかしてますか？　自分では、どうかしてると思うんですけど」

また笑い。生徒のひとりが「分けてくれた鰻の大きさは？」と聞き、瑞歩が「ひと切れの半分のそのまた半分ですね」と即答して、実日子先生が手を叩いて笑う。瑞歩は盛り上げ上手だ、とまりは思う。どこまで本当かわからないけれど。あとでこっそり聞いてみたら、「クリスマスだからサービスしたのよ」とか言いそうだけれど。

その一方で、そのエピソードに妙な現実味を感じもする。何か似たような記憶が、自分の中にも眠っているような気がするのだ。光一もかつて、そんなふうなやさしさを見せてくれたことがあったような気がする。いや違う、私が彼に対して、そんなふうにふるまったこと、ほとんど何も考えず、ただ彼を愛《いと》しく思う気持ちから、彼にささやかな（鰻ひと切れの半分のそのまた半分くらいの）何かを渡して、それしきのことでとんでもなく幸福になった記憶が――。やめてよ。まりは声に出さずに叫んだ。どうして今になって出てくるわけ。

「まりさん、むずかしい顔してるけど、何か言いたいことがあるんじゃない？」

実日子先生が言った。まりは急いで笑う。

「いや、どうかしてるって、思ってました」

「せめて鰻ひと切れ全部はもらわないと？」

「あはは、そうですね」

それから話題はまた料理のほうへ移っていった。まりさんの近況はいかが？　と実日子先生は聞かなかった。私はきっと、いつか下北沢でばったり会ったときよりもずっと、かわいそうに見えているのかもしれない。

聞かれたところで、私は本当のことなど言わないけれど。いや、言ってみたかった気もする。夫から離婚を切り出されたばかりです、と。そうしたらみんなどんな反応をするだろう。ある種のジョークだとみなして笑ったりもするのだろうか。でも、ジョークではない。

それはカムジャタンの日の夜のことだった。あの日も食事を終えた後、まりと光一は口を利かないまま、なるべく同じ場所に居合わせないように過ごしていたが、先に寝室に入ったのはまりのほうだった。なかなか寝つけないまま、光一が入ってきたら寝入っているふりをしなくちゃと身構えていたのだが、いつまでたっても夫があらわれないので、まさか自分の部屋で心臓発作でも起こしているか、もしかしたら自殺でも図ったのではないかという不穏な考えが浮かんできて、様子を見に行ったのだった。

光一は彼の部屋にはいなかった。リビングに行ってみると、そこにいた。ソファに寝ていたのだ。クッションを枕《まくら》にして、ひざ掛けを布団がわりにし、エアコンをつけっぱなしにしていたがそれだけでは寒かったのだろう、自分のウールのコートとダウンパーカをその上に重ねていた。まりが部屋の明かりをつけても、光一はひざ掛けの中に顔を埋《うず》めたままだったが、寝たふりをしていることはあきらかだった。

「何のつもり?」

会話をしないという決意も忘れて、まりは叫んでしまった。夫のそんな有様はひどく滑稽で、滑稽なぶん鋭く心に突き刺さるようだった。光一はしぶしぶといったふうにひざ掛けとコートの山から顔を出し、目を開けた。

「俺と同じ部屋で寝るのは君もいやだろう」

君も。つまり自分はいやだと明言していた。何をするでもないのに。ただ並んだベッドで眠るだけなのに、それも耐えがたいとはっきり伝えていた。それは今までまり自身が感じていたことだった。もしかしたら、ひどく彼に腹を立てたときに、それを匂わせるような言葉を発したこともあったかもしれない。にもかかわらずまりは体じゅうが、怒りと、それにほかの何かで熱くなった。

「あてつけがましいこと、しないでよ」

金切り声になった。夫に対してだけじゃなく人生のどんな局面においても、そんな声を上げるような女にはなりたくないと思っていたのに。光一はうんざりしたようにまりを見た。

「もう、はっきりさせよう」

そう言った口調はそれまでよりもやさしげになっていた。

「同じ家にいて口を利かないとか、子供じみた真似《まね》はお互い疲れるだけだろう。離婚しよう」

そうしてまりは答えたのだ。

「そうね」

と。

冷めかけているグラタンを、まりは急いで食べ終わった。牡蠣もおいしいが、牡蠣の味が染み込んだ葱もおいしい。だが光一はこれは食べられない。牡蠣がきらいだからだ。これまで、ここでおいしい料理を教わっても、ああこれは家で作れない、作るなら夫がいないときでないと、と思うことが度々あった。だが離婚すれば、そんなことはもう思わなくなるわけだ。当面の間は自分ひとりのために、自分の食べたいものだけを作ることができるようになる。それが私の望みだったはずだ、とまりは思う。そうできないことに苛立って、光一を疎《うと》んじていたのではなかったか。それなのにどうして今、これは光一がきらいだから作れないと思うことが、もうでき、な、い、こと、に傷つけられているのだろう?

「実日子先生の近況も知りたいです」

そう言ったのは瑞歩だった。たしかに、そういう質問をもうしてもいい、という雰囲気を実日子先生は発していた。実日子先生はちょっと考えるふうな顔をしてから、「そういえば先月、帯状疱疹になっちゃって」と言った。あー、あれ痛いんですよね、辛《つら》いんですよねという声がすぐにいくつも上がる。まりは罹《かか》ったことはなかったが、知識はあった。体の中に残っていた水疱瘡《みずぼうそう》のウィルスが、何かのタイミングで暴れ出すとか、そういう病気だった気がする。

「疲れが出たんですよね、ずーっと忙しかったから」

アシスタントの女性が言い、「疲れっていうか……」と実日子先生は独り言みたいに呟いたが、その先を言うのはやめることにしたようだった。

「もう、全快ですか」

まりは聞いた。実日子先生はまた、その質問について吟味するような表情になった。

「ええ、治ったの」

そう言って微笑んだ。このひとはきれいなひとだ、とまりはなぜかそのときあらためて思った。


光一はやさしくなった。

再び、寝室でも寝るようになった。ソファで寝ることにした――まりに離婚を切り出した――翌日の夜、決まりが悪そうにやってきて、「やっぱり家にいる間は寝室で寝てもいいかな」と言った。「ソファだと朝、腰が痛いんだ」と。まりは「好きにしたらいいわ」と返した。その言いかたがあんまりつめたい感じがしたので、「私の許可を求めるようなことじゃないでしょう?」と付け加えたが、むしろいっそう感じが悪くなってしまった。

そのとき光一はくすりと笑った。そんなふうな笑顔を、それ以後も度々見せた。たとえばまりが光一に何か話しかけたあとで、会話を拒絶中だったことに気がついて、しまった、という表情になったときなどに。皮肉っぽい笑顔ではなかった。やさしげな、愛情深いと言ってもいいような微笑で、だからまりも思わず笑い返したりするようにもなって、次第に会話が復活した。まりが話しかければ光一は感じよく応《こた》えたし、光一も、ごく自然にまりに話しかけた。「おはよう」「おやすみ」「行ってきます」「行ってらっしゃい」とふたりは再び言い交わすようになったし、光一は食事のあと、すぐに自室へこもらずに、リビングで過ごすようになった。食事中にテレビを観《み》なくなったのはそのままで、まりの食事のペースに合わせてゆっくり食べ終わるようにもなったから、状況は「もう夫婦を続けていくのは無理だ」宣言以前よりも良好といえた。だが、その良好さや親密さは霧みたいなものだった。まりにはそれがわかった。

必要なときに必要なことを、話したいときに話したいことを、まりは光一に話しかけるようになっていて、会話の分量は新婚の頃に匹敵するくらいだったが、それでもまりは、光一とほとんど喋っていないと感じた——私たちはちっともちゃんと喋っていない、と。真面目《まじめ》な話をしていない、先行きについて真剣に話していない、というようなことではなくて、何を喋っても言葉は本来の質量を持ち得ないまま空気中に散った。ふたりが交わす言葉や相手に向ける微笑もまた、霧だった。

まりの唇の内側にはいつでもひとつの言葉があった。それを口から出すことができれば、霧は晴れるような気がした。「子供、作ってもいいわよ」。まりはそう言いたかったのだ。でも、どうしても言えなかった。セックスレスの夫婦であることにずっと甘んじてきた自分、光一をずっときらいであった自分への裏切りであるように思えたし、敗北であり屈辱であるようにも感じた。まりにはわからなかった——自分がまだ光一のことがきらいなのかどうか。きらいだったことはたしかだ。だが今、そのこと、きらいだったときの彼とのあれこれがどうして懐かしく思えるのか。どうして今になって「子供、作ってもいいわよ」と彼に伝えたいなどと思うのか。今更それを伝えたら、光一はどんな反応をするだろう。ひとつはっきりしているのは、その反応がこわい、ということだった。

　クリスマスイブの朝、目が覚めると雪がちらついていた。

「ホワイトクリスマスだな」

「山下達郎《やましたたつろう》ね」

　という会話を、朝食のテーブルでふたりは交わした。バゲットとハムとチーズはふたりとも食べ終わり、それぞれ二杯目のコーヒーを飲んでいた。その日は光一の外仕事は、スタートが少し遅めだったから、出かけるまでにまだ少し余裕があった。

「今夜はどうする？」

　とまりは言った。緊張していたせいで少し声が裏返ってしまった——その質問を口にするのは、子供の件ほどではないにせよ、かなりの勇気が必要だったのだ。「今夜って？」と光一は手にしていた書類から顔を上げた。

「……今夜、そんなに遅くならないでしょう？　クリスマスイブだから、それっぽいもの作ろうかなと思って。料理教室で教わったのよ、クリスマスのメニュー」

「ああ、ごめん。今夜はちょっと遅くなるんだ」

　光一はそう答えて、やっぱりいつもの微笑を見せた。

「夕食の時間に帰ってこないってこと？　クリスマスイブなのに？」

「クリスマスイブは関係ないんだけど、ちょっとひとと会うんだ。前の会社の知り合いなんだけど、彼からマンションの部屋を買うかもしれないんだよ。忙しいやつで、今日しか時間が取れないって言うから」

「マンションの部屋を買うって……？」

「うん。この家は、君に渡すよ」

光一はあいかわらず微笑しながら喋った。まるでふたりで行く旅行の計画でも話すみたいに。あるいは、彼が買おうとしているそのマンションの部屋が、彼とまり、ふたりが暮らす新居であるかのように。

光一はコーヒーを飲み干すと、椅子にかけていたジャケットの内ポケットを探って、折りたたんだ紙片を取り出した。

「いろいろ手続きしなくちゃならないことがあるけど、君の負担が最小限で済むように考えたから。できることはなるべく年内に済ませておきたいんだ、こっちの都合で申し訳ないけど。これ、見ておいてくれるかな。無理そうなら調整するから」

紙片はＡ４のコピー用紙で、年末から翌年二月までのスケジュールがプリントされていた。離婚届の提出は二月十五日。光一がこの家を出て行くのが二月末日で、（もう少し早められれば早めます）という注釈がついている。

「俺もきらいだったんだ、この家」

光一は穏やかな、感じのいい表情のままそう言い残して、出かけていった。

星野一博は帽子と髭《ひげ》でサンタクロースの扮装《ふんそう》をしていた。

まりは笑った——大きな声で笑ってしまった。なぜならまりも、サンタの帽子を被《かぶ》っていたから。昼間に下北沢まで買い物に行ったとき、通りすがりの雑貨屋の店頭に並んでいたから買ったのだった。そのほかに、もちろん、目的だった牡蠣も買った。今夜のクリスマスメニューのためのほかの食材は、前日までに買ってあった——光一とふたりで食べるつもりだったから。

「雪、まだ降ってる？」

「いや、もうほとんど雨」

言い交わし、まりは星野一博をリビングに通した。うわ、カッケー。星野一博の第一声がそれだった。アイランドキッチンのことを言っているらしい。好きなところに座っててとまりが言ったら、ダイニングテーブルの光一の席に座った。まりは冷蔵庫から冷やしておいたシャンパンを持ってきた。向かい合い、グラスを傾けて乾杯する。

「メリークリスマス」

「メリークリスマス」

「ありがとう、呼んでくれて。めちゃくちゃ嬉しいよ」

今朝、光一が出ていって間もなく、まりは星野一博に電話したのだった。クリスマスイブは一緒に過ごせないとすでに伝えていたのだが、予定が変わった、よかったら自宅で食事をしないかと。そして彼は今、シャンパンをぐいっと呷ったあとは、興味津々の表情で部屋の中を見回している。

「広いねー。ここでひとり暮らしかあ。いいなあ」

「でもまだ夫の荷物が置きっぱなしなのよ」

朝の電話で、いくつかの嘘を吐いたのだった。嘘に嘘を重ねたといってもいい。自分はじつはバツいちで、しかも離婚したのはつい最近のことであると。夫が出ていった家に、そのまま住んでいるのだと。唐突な「告白」だったし、星野一博がひく可能性もまりは考えたが、彼は「話してくれてありがとう」と言った。そうしていそいそとやってきて、この家がどうしたって「荷物が置きっぱなし」ではなく「夫がまだ住んでいる」ようにしか見えない理由を、たぶん一生懸命考えているのだろう。

まりは料理をテーブルに並べた。オーブンから取り出したグラタンには、もちろん葱とともに牡蠣も入っている。星野一博はそれをハフハフと食べて、「うまい！　うますぎる！」と叫ぶ。彼が手土産に持ってきた白ワインは、もうすぐ空きそうだ。

「料理上手いんだね、プロみたいだ」

「ふふ、ありがとう」

「夢みたいだ、イブにまりさんの家に呼んでもらって、向かい合って、手料理食べてるなんて」

「私も」

まりは手を伸ばして、星野一博の手に触れた。星野一博が指を動かし、ふたりはテーブルの上で指を絡めあった。

このあとまりは、星野一博と寝るつもりだった。寝室の、自分のベッドで。ある時期から光一がまったく近づかなくなったあのベッドの上で。

もちろん今夜、光一は帰ってくる。何時かはわからない。もう地下の駐車場にいるのかもしれないし、まりと一博のセックスの最中に、ドアを開けるのかもしれない。

玄関の靴を見て、光一はすぐに事情を察するだろう。長年ともに暮らした夫として、イブの夜にひとり置き去りにされた私がとりかねない行動として、理解するだろう。そして彼はどうするだろうか。黙って踵《きびす》を返して出て行くか、それともただの同居人として、私たちの邪魔にならないように気を遣って、今夜はまたソファで眠ることにするだろうか。

いずれにしても、今夜は決定的な夜になるだろう。もう決して、絶対に、取り返しがつかない。まだ間に合うかもしれない、あの言葉さえ言えば覆るかもしれない、私はずっとそう思っていたけれど、それも今夜かぎりのことになる。光一はもう一ミリも躊躇《ためら》うことなく、後悔することもなく、私から離れて行くだろう。

それが自分の望みなのかと言えば、まりにはわからなかった。ただ、まりはずっとそんなふうに光一と暮らしてきたのだった。だから最後もそうするしかなかった。あるいはこういう方法で、まりは夫と「死別」しようとしているのかもしれなかった。これは自分の中で夫を殺す方法なのかもしれない。そんな方法で自分が何を守ろうとしているかもよくわからないまま、まりは絡めた指に力を入れて、男の顔に顔を近づけていった。

10

不動産屋のウィンドウの前で立ち止まっている後ろ姿を見て、実日子《みかこ》は、あっと思った。

「まりさん？」

思わず声をかけてしまったのは、年が明けてからずっと、能海《のうみ》まりがレッスンに顔を見せていなかったからだった。

「実日子先生。お久しぶりです」

能海まりは、ニッコリ笑う。あいかわらず、コケティッシュな雰囲気を強調するような化粧とファッションで完璧《かんぺき》に身を固めている。とくに今日は完璧すぎるくらいだ、という印象を実日子は持った。

「お引越し？」

何となく動揺しながら、実日子は聞いた。聞いてすぐ、聞くべきではなかったかもしれない、と思ったけれども。

「心躍る物件があったら、越してもいいかなって」

「あ、そうなんですね」

実日子はますます落ち着かなくなって、間が抜けた返答をしてしまった。「心躍る」などという形容を口にしたひとの目が、妙に据わっているせいかもしれない。

「今日はいらっしゃる？」

気を取り直してそう聞いた。今日は料理教室の日なのだ。まりは一瞬、「どこに？」という顔をしてから、「あ、今日は都合が悪いんです」と答えた。

「すみません」

「よかったら、また。ご都合のいいときに」

「ええ、また」

それで実日子はまりをそこに残して歩いていったが、背中に彼女の気配がいつまでも張りついているような感じがした。


今日のレッスンのテーマは、「大人のひな祭り」ということにした。

ふきのとうを入れたトルティージャ、ピンクペッパー入りのピクルス、鶏《とり》のタプナードソース煮込み、ウドと蛤《はまぐり》のパエリヤ、デザートはチェリーソースをあしらったライスプディング。

ひな祭りらしいところといえば、蛤と、ライスプディングをひし形に成形するくらいだけれど。実日子はそう思ってクスッと笑う。ひな祭りはともかくとして、どれも会心のレシピだし、おいしいことは間違いないから、準備をしていると愉《たの》しくなって、自然に口元がほころぶ。レシピを考えること、料理をすること、おいしいものを誰《だれ》かに食べてもらうことの喜びを、最近あらためて感じるようになった。

すでに冷やし固めてあるライスプディングを、見本用にひとつ、ひし形に切り出していると、スタジオのドアが開く気配があった。すぐに実日子の頭に浮かんだのは勇介《ゆうすけ》のことだった。もちろん彼が今日、ここにやってくるはずはない。でも、可能性はゼロではない。勇介のことだもの……。

「イタリアンパセリ、ゲットしました〜」

しかしやっぱり入ってきたのはゆかりだった。ハーブの葉がのぞくレジ袋を振りながら、巨体を揺らして。

「何ですか先生。あ、もしかしてイタリアンパセリ、もう買っちゃいました？」

「ううん、そうじゃないのよ。そのジャケット、似合うなと思って」

つい、ゆかりをしげしげと見てしまったことを、実日子はそう言ってごまかした。実際には、ゆかりの顔立ちや物腰の中に勇介と通じるものを見つけて、それを鑑賞していたのだった。

定刻になると受講者たちが次々と集まってきて、レッスンは滞りなく進んだ。まりは来なくなったけれど、友人である瑞歩《みずほ》は今月も来ている。会食の途中、実日子が二本目のオレンジワインを取りに立つと、そこに瑞歩も来た。

「瑞歩さんもこれ？」

「ええ。オレンジワインってはじめて飲んだけど、イケますね」

実日子が栓を開ける間、瑞歩はその場で待っていた。「鰻《うなぎ》を分けてくれた男」に、やっぱり飽きてきたという話をさっきしていた。どんな内容でも上手に話し、場を沸かせてくれるひとだが、このひと本当は誰とも付き合っていないんじゃないかしらと、実日子は今日、ふっと思ったのだった。あるいは恋人が何人いても、このひとにとっては誰もいないのと同じなんじゃないかしら、と。非難がましく思ったわけではない——単純に、瑞歩という人間に対する印象として、そんなことを考えたに過ぎなかったのだが。

「今日、まりさんに会ったのよ」

実日子はそう言ってみた。詮索《せんさく》するつもりはなかったのだが、まりの様子が気にかかっていた。

「えっ。どこで？」

「この近くだったんだけど……」

不動産屋の前というのは言わないことにした。だが、それがわかったかのような顔で瑞歩は頷《うなず》いた。

「じゃあ、まあ、元気でいるんですね」

「会ってないの？」

「なんか、今はあんまり私と話したくないみたいで」

瑞歩はワインを自分のグラスに注《つ》いだ。

「彼女、離婚したんですよ」

「あら……」

「あ、言っちゃいけなかったのかな。言っていい離婚なら、自分で言いますよね」

私が言っちゃったこと、彼女には言わないでくださいねと言い置いて、瑞歩は席に戻っていった。

まりのことばかりをとくに考えていたというわけでもないのだが、実日子はちょっとぼんやりしていたのかもしれなかった。

「かるく飲んで帰りませんか？　ここでもう少し飲んでもいいし」

レッスン後、受講者たちが帰り、後片付けも終わると、ゆかりが誘ってくれた。

「そうねえ……」

実日子はちょっと迷った。レッスンではオレンジワインのグラスをいつになく重ねていて、どうせならもう少し飲みたい気分になっていたし、ゆかりが気を遣ってくれているのもわかったから。飲みながら、きっと勇介の話をするつもりだろう。

「今日はおとなしく帰ることにするわ。今度ゆっくり飲みましょう」

結局実日子はそう答えた。ゆかりと、彼女の弟の話をすることがいやというわけではなかったが、今夜はひとりで彼のことを考えたい気分だった。

じゃあ、お先に。ゆかりもそれ以上は誘わなかった（ときどき実日子は、年下のゆかりのことを、自分よりもずっと年上に——いっそ姉とか母親みたいに感じることがある）。ゆかりよりも少し遅れて、実日子もスタジオを出た。飲みたいという気分はまだ残っていて、ほとんど無意識に、通りすがりの店に入ってしまった。いつだったか、まりとばったり会ったカフェ・ダイナーだった。

いつもながら、夜なのに昼間みたいにあかるい店だった。照明のせいだけではなくて、広い店内に散らばらせたテーブルのほとんどを埋めている客たちはみんな、今は午後九時ではなく午前十一時だと信じているみたいに見えた。もう少し落ち着いた、薄暗いバーみたいな店のほうがよかったかもしれない。ひとり客たちが共有している、中央の大きな楕円形《だえんけい》のテーブルの一席に案内され、ホットラムを注文した後で、実日子はそう思ったけれど、この店を選んだ理由も、あらためて考えてみればあるのだった。前回は最悪の気分でさまよい込んだこの店に、言うなればリベンジしたい気持ちがあったのだ。

運ばれてきたホットラムが、実日子の喉《のど》を温めながら滑り落ちた。悪くなかった。この前より、ずっと悪くない、と実日子は思う。あのときは店に入るなり、まりに声をかけられて、結果的に彼女に救われたようなところもあったけれど、それにしても、あのときよりも今のほうが心はずっと安らかだ。

実日子は自信を得て、ラムを味わいながら、昼間みたいな店内を見渡した。背後の大きなスクリーンには、様々な人種の、様々な年齢の、様々なスタイルの男と女が、それぞれいろんな種類の花束を持って微笑《ほほえ》んでいる姿が、点滅するもうひとつの明かりみたいに、パッ、パッと映し出されていた。このあかるい世界に、自分は受け入れられていると感じた。いや、違う。私が受け入れているのだ、このあかるい世界を――。

そのとき店のドアが開いた。実日子がそちらを見たのは、その音が不自然に響いたせいだった。入ってきたのは能海まりだった。すぐ後ろに、若い男が続いている。まりの態度から、偶然一緒に入ってきたふたりのようにも見えたが、応対した店員にまりは指を二本立てた。

ふたりは楕円テーブルの横を通って、実日子の背後のテーブルへ案内された。実日子はむしろ、自分が同じ店内にいるということを知らせたい気持ちでまりの移動を目で追っていたのだが、まりが気づいた様子はなかった。実日子のことだけではなくて、実質的に周囲の何も目に入っていないような感じだった。私はもうこの店を出ていったほうがいいかもしれない。そう思って立ち上がろうとしたとき、「うるさい！」というまりの怒声が響いた。

実日子の周囲の何人かが声のほうへ顔を向けた。実日子は、自分は見るべきではないと感じたけれど、同時に立ち上がるきっかけも失ってしまった。

「理屈ばっかり言わないでよ。理屈じゃないのよ」

まりの声が続く。さっきより幾分声量が落ちたとはいえ、やはり店内の空気をかき乱すトーンだ。

「だって、俺を好きになった理由があるなら、きらいになった理由もあるはずだろう」

男の声が聞こえてくる。こちらにも、周囲の耳を気にする余裕は感じられない。

「好きになったなんて言ってないでしょう」

「なんだよ、それ。好きでもない男と寝たのかよ？」

「大きな声出さないで」

十分に大きな声でまりは言い返す。もはや劇場だ。

「いつ私が言った？　あなたのこと好きだって。愛してるって」

「だって俺《おれ》のせいで、まりさんは……」

「あなたのせいなんかじゃないわよ、離婚したのは」

実日子は思わず身を竦《すく》めてしまう。聞いてはいけない、と思う。だが実際のところは、聞き耳を立てている。

まりと相手の男は、しばらくの間、黙り込む。言い合うことに疲れたのか、次の一手を考えているのか。

「悪かったと思ってるわ。ごめん」

やがて、まりが言った。それまでよりも落ち着いた声で、すぐそばの席の実日子にしか聞こえないほどの声量になっていた。

「あなたのことは好きとか、愛してるとかじゃなかったの。ただ必要だったのよ」

「必要と思ってくれるだけでもいいよ。だから……」

「今はもう必要じゃないの」

「なんで？　離婚したから？　離婚するために俺を利用したってこと？」

「違う」

まりは再び声量を上げて、きっぱりと言った。それから、だって離婚したいなんて思ってなかった、と呟《つぶや》いたが、その声はとても小さくて、男には聞こえなかったと思われたし、ひょっとしたら実日子の耳にだけ、そう聞こえたのかもしれなかった。

「ごめんなさい」

「あやまってほしくないよ」

「ごめんなさい。ごめんなさい」

まりがかなり酔っぱらっていることに実日子は気づいた。

「ごーめんなさいったら、ごーめんなさい」

歌のように繰り返しながら、まりはクスクス笑い出した。実日子は思わず振り返った。まりはテーブルに突っ伏して、拍子をとるように頭を左右に振っていた。憮然《ぶぜん》としてそれを見下ろしている男が、実日子の視線を捉《とら》えた。男——ハンサムだが、どこか昔の子役スターみたいな雰囲気もある——は実日子に向かって、それこそ子役の稚拙な演技みたいに嘆きの表情を見せてから、立ち上がって店を出ていった。

まりがぱっと顔を上げた。もう笑っていなかったが、実日子を見て、あらためてニヤッと笑った。顔は涙で濡《ぬ》れていた。

「聞いてるの、知ってましたよ」

実日子は飲みものを持ってまりの前に移動した。まりと話さなければならないとしても、「劇場型」はごめんだ。

「いるの知ってましたよ。実日子先生に、聞いてほしかったんです」

実日子は返事のかわりに、バッグからハンカチを取り出してまりに差し出したが、まりは「持ってます」と自分のバッグを探った。取り出して顔を拭《ぬぐ》ったのはどう見てもスカーフだった。

「ずいぶん飲んだのね」

「飲んでも飲んでもいなくならないから、あの男」

まりはグラスに残っていたビールを飲み干した。おかわりを頼もうというのか、店員を探して伸び上がり、未《いま》だにこちらを窺《うかが》っている何人かの客たちを睨《ね》め回すと、「まあ、あの男のことはもういいんですよ」と実日子のほうへ向き直った。

「ご主人のこと、聞いてもいいですか」

ええ、どうぞと実日子は頷いた──身構えながらではあったけれど。

「ご主人、亡くなったんですよね。瑞歩から聞きました。もう大丈夫ですか？」

ずけずけした質問だと実日子は思った。さっきのやりとりを聞いてしまったという引け目がなかったら、腹が立ったかもしれない。でも、そう思う一方で、そういう質問をされても「もう大丈夫」であることにも気がついた。

「もう大丈夫みたい」

だからそう答えた。

「もう悲しくなりませんか？」

「悲しくなるわ。寂しくもなるし、誰に対してか、何に対してかはわからないけど、怒りたくもなる。まだときどきね。それでも、もう大丈夫だと思うわ」

「いつか会ったカンフーのひと、先生の新しい恋人ですか？」

そういえば勇介と一緒のとき、まりと会ったことがあった。あまりよく覚えていないけれど、まりの連れはさっきのあの男性だったような気もする。

「それは、まだひみつ」

実日子はそう答えた。まりに、というより、自分自身に向かっての答えであるような気がした。まだひみつ。勇介が自分の恋人なのかどうか、彼を恋人にしたいと自分が望んでいるのかどうか、わからないのではない、自分の本当の気持ちが、自分自身に対して、まだひみつなのだ。まだ、あきらかにしたくない。

「ひーみーつー」

まりはさっきの「ごーめんなさい」の姿勢に戻って、ばかにしたように繰り返した。

「大丈夫になったのは、カンフーのおかげじゃないんですか」

「そうではないと思うわ」

大丈夫になったから、勇介を好きになることができたのだと実日子は思っていた。

「じゃあどうして大丈夫になったんですか」

「どうしてかしら」

実日子はちょっと考えた。

「夫はいなくなったけど、私は、まだ生きてるからじゃないかしら」

まりは、突っ伏した腕の中から、何かを探すように天井を見た。

「私、わかったんですよ」

「わかった？」

「ええ、わかったの。どうしてあんなにきらいな夫と別れなかったのか。私は夫のことをずっときらいでいたかった。だから別れなかったんです」

どう答えていいかわからずに、実日子はただまりを見つめた。

「いつか言いましたよね、私の夫はずうっといなかったんです。離婚する前の話ですよ。同じ家で寝起きして、同じ家で仕事もしてたけど、彼はずうっといなかった。私はそう思ってた。でも、先生と同じに、私も生きてるわけだし、生きていかなきゃいけないから、まあ、それなりに対処してたんですよね」

でも、とまりは続けた。

「不思議なんですよね。離婚してからずっといるんですよ。同じ家に住んでないのに。用事があるときはメールで、電話もろくすっぽかかってこないのに。ずっといるんですよ、彼。いる感じがするんです。どう思いますこれ？　最悪なのは、いなかったときよりこっちのほうがダメージがあるんですよね。いやがらせですかね」

「……そのことをご主人に伝えてみたら？」

「もう遅いです」

まりは笑い、笑顔のまま新しい涙を流した。

「もう、彼の世界には私がいないから」

春めいた日差しの、気持ちのいい日だった。

義母の提案でお弁当を持っていくことになり、実日子はキッシュとサラダ二種、それに白ワインを一本用意した。おにぎりや和風のおかずを義母が作ってきてくれるはずなので、賑《にぎ》やかな昼食になりそうだった。

吉祥寺駅で待ち合わせてタクシーに乗り、霊園の前で降りた。広大な、木々に囲まれた敷地の中を、三人で歩いていった。桜の木も多かったが、花にはまだ早い。墓参りのシーズンでも休日でもないから、ひとの姿は少なかった。

「こっちですよ、あなた、こっち」

直進しようとした義父に、義母が呼びかける。園田《そのだ》家の墓は今も九州にあるけれど、五年ほど前に義父と義母はここの一区画を買った。「九州じゃお墓の維持も大変だから」というのがその理由で、まず先に自分たちが入ることになることを疑ってもいなかったが、彼らの息子が最初に眠ることになってしまった。

「もう何度かいらっしゃったんですか」

先頭に立つ義母の足取りのたしかさに、実日子は義父に問いかけた。

「うん、最近わりと来てるんだよ。散歩がてらね。ここは気持ちがいいから……」

義父の言いかたが遠慮がちに聞こえるのは、実日子がこれまで、ほとんど墓参りに来ていないことを知っているからだろう。実際のところ、納骨の日以来訪れておらず、一度は義母からの誘いを断ってもいた。

だが今日は、実日子から言い出してここへ来ていた。キッシュを試作するから、外で食べませんか、という誘いかたではあったけれど……。

真あたらしい墓石が見えてきた。花は枯れていたけれど、供えられたのはそれほど前ではなさそうだった。あたらしい花は実日子が持ってきた。庭に咲いた水仙《すいせん》――細い茎の先に小ぶりな白い花をつける品種で、これが庭のあちこちに群生している景色が俊生《としお》は好きだった。花を入れ替え、墓石を清め、義母が持ってきた線香を焚《た》くと、三人で墓の前に並んで、手を合わせた。

納骨の日を実日子は思い出した。あのときは親族や僧侶《そうりょ》など、もっとたくさんのひとがいたが、実日子にとっては何もかもが現実味がなかった。自分が今どこで何をしているのか、ふっとわからなくなった。みんながそうしているから、自分も手を合わせて目をつぶったが、目を開けたら家にいて、目の前で俊生がニコニコ笑っているような気がした。本当に、そうとしか思えなくて、だから目を開けたときに夫がどこにもいないことがわかって、呆然《ぼうぜん》としたのだった。

実日子は目を開けた。やっぱり俊生はいなかった。でももう、呆然とはしなかった。知ってるわ、と心の中で俊生に言った。私にはもうあなたが見えない。でも、あなたはいる。私があなたを忘れないかぎり、あなたはいるのよ。私はそう思えるようになった。

そうだよ、という俊生の声が聞こえたような気がした。やさしい声。どこかからかうような、そんなことも知らなかったのかと、面白がっているような声。夫の声を、喋《しゃべ》りかたを、そんなふうにちゃんと覚えていることを実日子は嬉《うれ》しく感じた。一生、絶対に忘れないだろう。

霊園内の公園でお弁当を広げた。義母のおにぎりはちりめん山椒《さんしょ》を混ぜ込んだ三角と、塩鮭《しおじゃけ》を入れて海苔《のり》を巻いた俵型。実日子はキッシュに、ドイツ製のシュバイネハクセという脛《すね》肉のハム、ドライ無花果《いちじく》、少し辛味のあるピメントを合わせてみた。

俊生がいたら子供みたいに歓声を上げるだろう。実日子がそう思うのとほとんど同時に、

「俊生が好きなものばっかりね」

と義母が言ったので実日子は笑った。本当に愉快だったので、声を立てて笑ってしまった。

「きっと今ここにいるわね」

その笑い声に応じるように義母が言い、

「ぜったいにいますね」

と実日子は言った。


それでも突然悲しくなる。

今日は器だった。夕食におだまき蒸しを作ろうと考えていた。食器棚の奥から、この料理を作るときにはいつも使っていた九谷《くたに》の小鉢をふたつ取り出した瞬間に、涙が出た。

おだまき蒸しも茶碗蒸《ちゃわんむ》しも、ひとりぶんだけ作る気にはならない。俊生が亡くなって以来、家で作っていなかった。精巧な筆で松の木の絵があしらわれたその器を、前回取り出したときには俊生はまだいたのだ。そう思ったらたまらなくなってしまった。

そういう「地雷」は、まだそこここにある。家の中だけじゃなく、外出しても、テレビの画面や音声にも潜《ひそ》んでいる。ただ、以前ほどにはそれらを恐れなくなった。以前の自分を思い返すと、

まさに地雷原を歩くひとみたいに、身を固くしてそろそろと生きていた。それに比べれば今はずっと自由に手足が動かせている気がする。地雷を踏んだときに襲ってくる悲しみの中に、微《かす》かな懐かしさと愛《いと》おしさが混じっていることにも気がついている。

器の中にうどんを入れ、穴子《あなご》と湯葉と三つ葉を配置した。卵液を流し入れて、器の中の美しい景色を眺めていたら、涙は止まった。今夜のメニューはおだまき蒸し、お造りは甘鯛《あまだい》の昆布《こぶ》締めと平貝《たいらぎ》とサヨリ、野菜と漬物だけのちらし寿司《ずし》、蛤のフライ、それに今夜の客のリクエストで、鶏の唐揚げ。実日子は料理に精を出した。自分が待っていることに気がついた。いっそ待ちわびている。

呼び鈴が鳴った。

実日子は着けていたエプロンをほとんど放《ほう》り投げて、玄関へ向かった。ドアを開けると、勇介が立っていた。今日はカンフースーツではない。オレンジ色のダウンにTシャツ——DANVOという文字とその歌手の顔がプリントされている——にデニムという格好で、傍らにはダウンと似た色のスーツケースがある。約束通り、成田《なりた》からここへ直行したのだろう。

「お帰りなさい」

実日子はちょっと下がって、勇介の全身をあらためて眺めながら、そう言った。

「中国はどうだった?」

太極拳《たいきょくけん》のナントカ大会というものがあちらであり、日本チームのひとりとして選ばれた勇介は、そのための旅に鍼灸《しんきゅう》の勉強のための予定も組み込んで、二週間あまり彼《か》の地にいたのだった。

「はあっ」

勇介は例によって奇声を上げて、太極拳のポーズをしてみせた。このひと、アガってるわと実日子は思った。今夜は私のほうが落ち着いている。

「どうでした、そっちは?」

落ち着いているふりをして、勇介が聞いた。

「寂しかったわ」

と実日子は答えた。

「ほんとに?　ちゃんと?　つまり、僕がいなくなる前より?」

「ええ、ちゃんと寂しかったわ。あなたがいなくて寂しかった」

勇介が身じろぎした。また太極拳のポーズを取るつもりのようだった。だから実日子は手を伸ばして、勇介の両手首を握った。

そのまま彼を自分のほうへ引き寄せた——いや、自分が近づいたのかもしれない。顔を上げると、勇介の唇があった。そこに向かって、実日子は自分の唇を近づけていった。

取材協力　稲葉ゆきえ
本書は「ランティエ」二〇一九年二月号から十一月号まで連載した作品に、加筆・訂正いたしました。

著者略歴

井上荒野（いのうえ・あれの）
東京都生まれ。成蹊大学文学部卒業。1989年、「わたしのヌレエフ」で第1回フェミナ賞、2004年『潤一』で第11回島清恋愛文学賞、08年『切羽へ』で第139回直木賞、11年『そこへ行くな』で第6回中央公論文芸賞、16年『赤へ』で第29回柴田錬三郎賞、18年『その話は今日はやめておきましょう』で第35回織田作之助賞を受賞。他の著書に『もう切るわ』『ひどい感じ　父・井上光晴』『誰よりも美しい妻』『ベーコン』『夜を着る』『雉猫心中』『静子の日常』『つやのよる』『もう二度と食べたくないあまいもの』『キャベツ炒めに捧ぐ』『リストランテ アモーレ』『あちらにいる鬼』『あたしたち、海へ』『よその島』など多数。

Kadokawa Haruki Corporation

井上荒野

そこにはいない男《おとこ》たちについて

*

2020年7月18日第一刷発行
2020年8月 8 日第二刷発行

発行者 角川春樹
発行所 株式会社 角川春樹事務所
〒102-0074 東京都千代田区九段南2-1-30 イタリア文化会館ビル
電話03-3263-5881(営業) 03-3263-5247(編集)
印刷・製本 中央精版印刷株式会社

ISBN978-4-7584-1353-4 C0093
http://www.kadokawaharuki.co.jp/

恋愛アンソロジー

ナナイロノコイ

愛をおしえてください。恋の予感、別れの兆し、はじめての朝、最後の夜……。恋愛にセオリーはなく、お手本もない。だから恋に落ちるたびにとまどい悩み、ときに大きな痛手を負うけれど、またいつか私たちは新しい恋に向かっていく——。この魅力的で不思議な魔法を、井上荒野、角田光代、江國香織ほか全七人の作家がドラマティックに贅沢に描いた恋愛アンソロジー！

ハルキ文庫